U0528712

Nastjas Tränen

Natascha Wodin

娜斯佳的眼泪

［德］娜塔莎·沃丁 著

庄亦男 译

新星出版社　NEW STAR PRESS

Author: Natascha Wodin
Title: Nastjas Tränen
© 2021 Rowohlt Verlag GmbH, Hamburg
Chinese language edition arranged through HERCULES Business & Culture GmbH, Germany.
Simplified Chinese edition copyright: 2024 New Star Press Co., Ltd
All Rights Reserved.

著作版权合同登记号：01-2023-1444

图书在版编目（CIP）数据

娜斯佳的眼泪 /（德）娜塔莎·沃丁著；庄亦男译. —— 北京：新星出版社，2024.7（2024.9 重印）
ISBN 978-7-5133-5650-3

Ⅰ.①娜… Ⅱ.①娜…②庄… Ⅲ.①纪实文学-德国-现代 Ⅳ.① I516.55

中国国家版本馆 CIP 数据核字（2024）第 095492 号

娜斯佳的眼泪

[德] 娜塔莎·沃丁 著；庄亦男 译

责任编辑	白华召
责任校对	刘　义
责任印制	李珊珊
装帧设计	董茹嘉

出 版 人	马汝军
出版发行	新星出版社
	（北京市西城区车公庄大街丙 3 号楼 8001　100044）
网　　址	www.newstarpress.com
法律顾问	北京市岳成律师事务所
印　　刷	北京天恒嘉业印刷有限公司
开　　本	889mm×1184mm　1/32
印　　张	6
字　　数	90 千字
版　　次	2024 年 7 月第 1 版　2024 年 9 月第 2 次印刷
书　　号	ISBN 978-7-5133-5650-3
定　　价	52.00 元

版权专有，侵权必究。如有印装错误，请与出版社联系。
总机：010-88310888　传真：010-65270449　销售中心：010-88310811

献给埃克哈德

谢谢您,可爱的朋友
——亚历山大·维尔金斯基

我们是在同一时间来到柏林的，我从南普法尔茨一个充满田园风情的葡萄种植小城来，娜斯佳则告别了当时已经濒临破产的乌克兰，离开了位于首都的家。那是在柏林墙被推倒后的第三个夏天，她手握一张旅游签证踏上了旅途，而我和当时的许多人一样，在柏林开始了新的生活。但我很早以前就不堪重负的脊柱对搬家这件事反应十分强烈，所以我不得不考虑雇一个人帮我拆开那一个个打包好的搬家纸箱，然后把公寓打扫干净。

我在《二手报》上刊登了一则小广告，完全没有料到这个举动会给我带来什么。从早上六点开始，电话铃声便没有停歇过。从电话那头的口音上就可以听出，东欧女人占其中的绝大多数。虽然东欧人在柏林墙倒塌后便源源不断地涌向德国，但一个靠近德法边境的葡萄种植小城对于他们来说仍旧过于偏远，所以在德国我很少有机会在生活中遇到他们。但是现在,他们攻占了我在柏林的电话。打来最多的,首先是波兰女人和俄罗斯女人,她们怀揣一腔淘金热情,来到这个曾经分为东西两个部分、如今焕然一新的城市追寻自己的幸福。我也接到过男人打来的电话,此君显然是误解了我的广告,打算为我提供一种完全不一样的服务。还有一个阿拉伯女人,她后来在丈夫的陪同下登门拜访,当着我的面让丈夫掰开她的下巴,好用她的牙口向我证明,她是多么的强壮。从清晨到傍晚,我已经不知道与多少位女士交谈过了,见到了多少个莱娜、卡佳或是塔尼娅。其中有一个还给高兹·乔治①熨烫过衬衣,这倒可以算作一个加分点。还有一个痛哭着打来电话的,我没听明白她到底说了些什么,只知道她的母亲疾病缠身。到了第二天,我实在疲于应付那么多陌生的声音和面孔了,所以我决定,直接雇用下一个按响门铃的应征者。

然后楼梯上就走来一个身形瘦削、看起来有些拘谨的女人。她的年纪在五十岁左右,却有一副小姑娘的模样。下身的牛仔裤,背上的双肩包,乍一看与普伦茨劳

---

① 高兹·乔治(Götz George),出生于柏林的知名演员,因在德国家喻户晓的经典犯罪连续剧《犯罪现场》中扮演侦探希曼斯基而广受欢迎。——译者注

贝格的街头风光十分相称，但细细打量之后就会从那洗得发白的老式小衬衣和规规矩矩的发夹上看出端倪：她来自世界的另一个地方。她告诉我她叫娜斯佳，来自基辅，她说，遇到像我这样能与她用俄语交谈的人是多么幸运的事情。

一开始我还没意识到，除了我的母亲，她是我在德国遇到的第一个乌克兰人。我的母亲是在1944年作为强制劳工来到德国的。她和数百万被强征到第三帝国的苏联人一样，如同奴隶一般被迫为德国的军事工业从事繁重的体力劳动。战争的最后一年，她生下了我，十一年之后，享受不到任何权利，向前看不到一丝希望的她，溺死在了德国的河水里，落进了各种野蛮力量的磨床，被它们彻底碾碎。而现在，近四十年过去了，从死去的母亲到眼前这个属于当下的乌克兰女性，我的思想和情感都需跨越一段过于漫长的路途。何况在我眼里，娜斯佳的形象本身就缺乏真实感。西方和东方世界之间的界线贯穿了我的整个人生，在我的内心烙下了极其深刻的印记，所以它在外部世界的消失反而让我感到无所适从。一个乌克兰女人在我柏林的公寓里掸去家具上的灰尘，这在过去是无法想象的事情。

有一天，我在唱片机里放了一张很久以前购于莫斯科的紫胶老唱片，上面灌的是乌克兰的民间音乐，忧伤的、带着头腔共鸣的清唱，来自我母亲诞生的那个世界。这样的乌克兰，是作为口译员的我在仓促的差旅中所无法感知的。那个时候娜斯佳来我家已经两三个月了，我本想用它给她一个小小的惊喜，但一向内敛又看似快活的她却突然泪流满面。

我和她的故事就这样开始了。从她的泪水里，我一下子又看到了我母亲的那份乡愁，那种无边无际、无从医治的情感，它是我童年里猜不透的谜，是关于我母亲的秘密，是一种打我记事起就无时无刻不折磨着她的暗无天日的重病。几乎每一天我都会看到她在流泪。我一直觉得，面对这种叫作乡愁的东西，我根本没有丝毫胜算，只能眼睁睁地看着她沉溺其中，越陷越深。她正在逐渐消失，总有一天会彻底离我而去，留下的就只有她的乡愁。

娜斯佳出生在乌克兰西部一个犹太人口占很大比重的乡间小镇，那时离战争结束还有三年。在很久以前，在还没有革命、还没有战争、乌克兰还被称为欧洲粮仓的时候，这个地方被一望无际的麦田包围，散落其间的小村庄和城镇仿佛被麦浪淹没。这片金黄如今还闪耀在乌克兰的国旗上，上蓝下黄的配色便是天空和麦田的象征。

娜斯佳对战争没有任何记忆，那时候发生的事都是她从别人的讲述中得知的。德国人在这个小镇只投下过一枚炸弹，它击中了一栋规模不小的住宅楼，住户们全都死在了燃烧的废墟中。只有一个老妇人幸免于难，因为她正巧去了屋后的木头旱厕，空袭的时候不在楼里。

娜斯佳和她的父母以及姐姐塔尼娅住在郊外的一栋小房子里，那里的炉台在冬天还会当作床用。虽然当时已经通了电，生活用水还是得依赖外面的水井。战争期间有三个德国兵驻扎在他们家，吃饭穿衣全靠她的母亲照料，不过据说他们很友善，还会塞给家里一些面包之类的食物。与此同时，德国人在这个小镇里建起了集中营，一年之内就有大约一万三千人被杀害，其中主要是乌克兰犹太人。他们在东欧建立起的由犹太小村庄构成的世界在这场战争中被彻底摧毁。一辆辆封闭的卡车驶过没有铺柏油的泥泞道路，那就是移动的毒气室。打着疏散的幌子，他们把犹太人集中起来，赶进这些卡车，运到小镇外面，然后用排气管的废气把他们全都毒死在卡车里。

红军重新占领这个地方之后，娜斯佳的母亲曾在花园的醋栗丛里发现过一个躲藏着的德国士兵，那是个十六七岁的小伙子，一个穿着制服的孩子。他害怕得浑身发抖，哭个不停。她心软了，不想把他交给红军，但她这样做就是为战争中的敌人提供庇护，善良可能会让她付出生命的代价。还好那个男孩第二天就从花园里消失了，没有给娜斯佳的母亲带来麻烦。

娜斯佳的父亲在战争结束后从前线回到了家，那时，她才第一次与他相认。一个身着制服的高大陌生男人就这样突然站在了三岁的女儿面前。他向她伸出手，她瑟缩着边向后躲边带着哭腔细声细气地说："我不认识你。"至少后来别人是这么告诉她的。

战时和战后初期食不果腹的滋味在她身上留下了难以磨灭的印记。但那些年里的饥饿体验并没有激发出她对食物的强烈渴望，反而让她对吃东西彻底失去了兴趣。小时候她就对那仅有的一点点食物全无胃口，差点因此丢了性命。她吃什么都味同嚼蜡，光是闻到食物的气味就足以让她反胃。即使在几十年后，她的饭量也还是和一份猫食差不了多少,她的身体已经永远戒除了对更多食物的渴望,口腹的享受一直是她所无法理解的。大概是因为她一直在饮食上极度节制,她的身材才始终如少女般清瘦,她那看起来坚不可摧的健康和活力在某种程度上或许也要归功于此。

她的父母都是药剂师,经营着镇上唯一一家药店。店里只有一些最最基本的药品,可就连这些都时常备不齐货。药店的收入也并不能让全家人每天都吃饱。所有人都在挨饿,所有人都在灰头土脸地艰难度日。一个名叫约瑟夫·维萨里奥诺维奇·斯大林的格鲁吉亚人坐在莫斯科的权力宝座上,他统治着庞大的苏联帝国,不断索要着活人用来献祭,不断寻求着必须铲除的新的敌人。一个叫瓦西里·布洛欣的男人或许是他手下最兢兢业业的处决执行人,他不辞辛劳地处理着斯大林每天签署的死亡名单,夜里在莫斯科某个铺着瓷砖的地下室里用他的军用手枪射杀两百五十个人,也可能更多。子弹不够的时候,他会把两颗脑袋精确地前后排布好,然后用一颗子弹射穿它们。整个苏联,数不清的人消失在了集中营,在乌克兰的一些省份也会看到邻居突然被抓走,之后再无音信。娜斯佳时刻能感受到弥漫在大人中间的那种恐惧，就和她父母眼里的恐惧一样。所有人都沉默着，低着头，只有在厨房里，才会偶尔听到他们的窃窃私语。还有许多人相信，莫斯科的利维坦连厨房里的悄悄话也不会放过。

娜斯佳的父母很大年纪才有了她，是个意外。她比姐姐塔尼娅小十五岁。她很早就意识到，比起其他小孩的父母，她的父母更为年老。所以担心失去双亲的恐惧始终纠缠着她，在她很小的时候就紧紧揪住了她那颗还很稚嫩的心。随着年龄的增长，这种恐惧的阴影蔓延到了所有与她亲近的人身上，她无时无刻不在为他们担惊受怕。她非常害怕独处，根源也与这份恐惧有关。年幼的她清晨时分在厨房后面的小卧室里醒来，屋子里还没有任何动静，只有花园里那棵沉默的酸樱桃树从窗口向里张望着。她感觉周围的一切都变得面目怪怖。她的父母是不是已经死了，此刻正在铺着朽烂地板的窄走廊对面毫无生气地躺在床上？远处传来的鸡鸣也没能让这个早晨热闹起来，反而加剧了她内心的恐惧和被抛弃感。从前一直睡在她身边的姐姐塔尼娅已经不在了，她结婚了，搬到了基辅。娜斯佳独自和父母住在一起，而父母每分每秒都可能撒手而去。他们年纪太大了，常常被误认为是她的祖父母。她是他们最疼爱的老幺，她母亲生下她的时间太晚了，所以在他们看来，她不像是自然的结果，倒更像是来自上天的馈赠。这样一个得于高龄的体弱孩子，也许生来就在基因上有些不足，还什么东西都不愿意吃，所以并不只是娜斯佳担心她的父母，她的父母同样为她担忧不已。

有一次她跟着父母去首都探望了姐姐塔尼娅和她的家人。从那天起，今后也要搬去基辅生活就成了她唯一的愿望。在这座生机勃勃的大城市里，有琳琅满目的橱窗，有来来往往的电车，大街上人群熙攘，住在集体公寓里的人永远也不会感到孤单，因为可以日日夜夜听隔壁邻居日常起居的动静。她相信自己在那里就能摆脱恐惧，那里没有幽灵和魔鬼的容身之所，人们会把它们扫地出门。

进了学校，她就像所有的苏联一年级学生一样，成了一个"oktjabrjonok"，也就是小小十月革命者。学校告诉她，他们生活在世界上最美丽、最自由、最幸福的国家，斯大林是每个孩子最最要好的朋友。他们在外面玩打仗的游戏，乌克兰人对战德国人，红军对战白军，他们在饱经霜冻和热浪摧残，又遭战争破坏的老街上你追我赶好几个小时，躲进沟渠里，躲在灌木丛后，假装开枪击毙扮演敌人的小伙伴。

在学校里她永远是优等生，班级里的尖子，不仅帮助后进的学生完成家庭作业，还会照顾班上被孤立的孩子，那些在教养院长大的孩子，或是酒鬼、罪犯以及其他社会边缘群体的后代。其他学生都不愿意和他们打交道，尽管大家从小就被教导要乐于助人、要摒弃私心、要团结成比"小我"更重要的"我们"——这些论调与娜斯佳对集体的强烈渴望倒是一致。她热切盼望着加入少先队，甚至为了尽早戴上红领巾修改了自己的出生日期，这样她就可以在假期前往少先队营地，在秋天去乡下参与集体收割了。她还是当地图书馆的常客，如饥似渴地读了所有她在那里能找到的书。小图书馆的藏书并不丰富，不少书被她翻来覆去地读了好几遍。在她关于未来基辅生活的畅想里，气势恢宏的国家图书馆正在静候她的到来，她会读遍那里的每一本书。她立志要成为一个把读书当成职业的人。

后来，为了谋生，她成了土木工程师。她原本的志愿是去莫斯科高尔基文学院修读文学，但这是一条几乎走不通的路。要搬去苏联的首都必须先取得迁居许可证，这就已经难如登天了。更何况这个庞大的国家还处于战后的重建阶段，在列宁提出的口号——"共产主义就是苏维埃政权加全国电气化"的鼓舞下，正致力于从农业国转变为工业国。这就需要大批能干的年轻人从事技术行业，同时也鼓励尽可能多的妇女参加工作。纳入行动纲领的妇女解放运动造就了许许多多的女拖拉机司机、女建筑工人、女冶金学家，当然还有女科学家和女医生。娜斯佳以优异的成绩完成了中学里所有的数学和自然科学科目，响应号召去了基辅科技大学攻读地下工程。为了应对灾难性的住房短缺问题，当时的乌克兰首都到处都在兴建大规模的板式装配楼住宅区，娜斯佳的专业就是为这些建筑工程规划地下部分。这并不符合她的志愿，不过，和文学一样，科学技术中同样蕴藏着让她感兴趣的奥秘。更关键的是，她终于可以搬去基辅了。

从第一天起，她就在这个振奋人心的学生大集体中找到了家的感觉。在宿舍里，她和另外三个女孩分享一个不大的房间，两张上下床并排放在狭小的空间里，但娜斯佳丝毫不觉得逼仄，正相反，她快乐得像回到了窝里的鸡雏。她和大学期间结识的许多朋友都成了一生的挚友。

学校食堂的一日三餐显然谈不上可口,品种也十分单调,几乎每天都是卷心菜、甜菜根汤或者荞麦糊,但娜斯佳许是受到了周围那些总也填不饱肚子的大学生的感染,胃口变好了不少,她原本棱角分明的瘦削身体也逐渐显出了更加女性化的线条。每天晚上,她都躲在被子下面打着手电筒看书。神圣的世界文学档案馆的大门终于向她敞开了,家乡那条供她汲取知识的涓涓细流现在已经变成了汪洋大海。她读柏拉图、但丁、歌德、莎士比亚、儒勒·凡尔纳、萧伯纳、E.T.A.霍夫曼,等等等等。当时正值尼基塔·赫鲁晓夫执政下的所谓解冻期,他在1953年取代了斯大林,结束了后者的恐怖统治。大学生们个个跃跃欲试,每个人都感觉套在自己脖颈上的绳索似乎松了不少。

在第三个学期,她与未来的丈夫罗曼相识了。当时他正在医学院学习,和她住在同一栋宿舍楼。罗曼相貌英俊,一头黑色鬈发,是个克里米亚卡拉派犹太人。战争期间,德国人占领了克里米亚,杀害了几乎所有的犹太人,包括部分种族归属尚未明确的卡拉派犹太人。罗曼一家幸运地躲过了大屠杀，但也和其他千千万万家庭一样，接连经历了革命、内战、财产征用、大饥荒、斯大林的灭绝恐怖统治和德国人的入侵。德国人把黑海边最大的克里米亚城市塞瓦斯托波尔变成了废墟和瓦砾，更名为忒奥德里克港（Theoderichshafen），企图使它成为德国人的定居点。最后，赫鲁晓夫把这个饱受战争蹂躏的半岛连同它的大量人口一起，送给了兄弟民族乌克兰。对于当时十六岁的罗曼来说，这并没有什么区别，不管他是俄罗斯人还是乌克兰人，他都仍旧是一个苏联公民。但这一历史性的转让将在很多年后让他切身感受到它带来的严重后果：乌克兰从俄国独立出去后，弗拉基米尔·普京索回了赫鲁晓夫的慷慨赠予，强行把克里米亚圈回了俄罗斯版图，乌克兰政府便禁止自己的公民前往这个被俄罗斯吞并了的半岛。从那时起，住在基辅的罗曼就再也回不去自己的家乡了，而他的亲戚朋友都还居住在那里。

1938 年，罗曼出生在巴赫奇萨赖，嵌在克里米亚山脉宽阔山谷中的一座富于传奇色彩的小镇。那里的山坡上生长着用来酿制著名的克里米亚起泡酒的葡萄，还有漫山遍野的伏牛花丛和梨果仙人掌。他和弟弟妹妹从小居住的房子就在童话般的可汗宫对面，这片建筑群曾经属于克里米亚鞑靼人的统治者，大名鼎鼎的泪泉就在里面。近两百年来，石头喷泉上的两行水滴不间断地滴落在玫瑰花上，那是可汗对年轻亡妻的哀悼，被凝固在了大理石里，永不磨灭。除了那几扇能看到鞑靼人宫殿的窗户，罗曼家的房子就和绝大多数的苏联老房子没什么两样了，楼里有几间破旧的集体公寓，一家人挤在一个房间里。年轻的罗曼在离开克里米亚之前，一直生活在这里。在整个童年和青少年时期，他都睡在一个大衣柜后面，衣柜上面堆着木箱和手提箱，一直顶到天花板，这样他就仿佛拥有了自己的房间。他的两个弟弟妹妹睡在房间的另一头，用一道帘子隔开。父母的窄床就摆在房间的中央，白日里的家庭生活就围绕着这个中心展开。

罗曼的父亲是区医院的眼科医生，母亲在一家国营酿酒厂里当会计。战争刚结束时，所有食品店里都没有东西可买，大自然也已被饥饿的人们掠夺一空。罗曼不得不中断学业，替一个在附近山村靠做一点点农活过日子的姑母照看了两年奶牛。这份工作的回报就是烤面包剩下的面粉以及小份的黄油和酸奶酪。他的父亲时不时地设法从医院偷拿一些葡萄糖或者抗坏血酸给孩子们补充营养；一旦事情败露，说不定他会有被枪毙的风险。

罗曼从十年制学校毕业的时候年龄比别人要大一些，他得先服三年兵役，便应召加入了海军。据说这是苏联军队中最残酷的军种，但本应把年轻人彻底打垮的非人训练在罗曼身上却产生了相反的效果，他变得桀骜不驯、意志坚定，抗拒任何一种权威。他与父亲的关系非常亲密，从小就立志也要成为一名医生。随着年龄增长，他更加坚定了这个想法，在他看来，这是一个无关政治、不涉意识形态的职业，当了医生就可以尽可能地远离这个体制，尽管医生的薪水相当微薄，医疗水平落后的诊所里也永远缺乏治疗病人所需的一切。

他在以医学院闻名的辛菲罗波尔大学攻读本科，六个学期后前往基辅接受泌尿外科培训。在他的家乡巴赫奇萨赖，有个名叫阿尔苏的女孩一直在等他。他们是儿时的玩伴，从小他就想着要娶她为妻。女孩的父母是鞑靼人，逃过了斯大林在第二次世界大战期间发起的对克里米亚鞑靼人的大规模驱逐，他们与罗曼的犹太父母一样，是幸存者。罗曼向来是女孩们暗恋的对象，但他始终保持着对阿尔苏的忠诚，对风流韵事从来不感兴趣。他的人生规划很明确，完成学业后就返回克里米亚，在辛菲罗波尔或者塞瓦斯托波尔的某家诊所行医，然后与也会成为医生的阿尔苏结婚。

与娜斯佳的邂逅打乱了他的整个计划。他第一眼就认定，她才是自己一直寻找的那个人。而娜斯佳和罗曼一样受异性欢迎，她也已经把众多追求者里的某一个列为重点考察对象，但面对罗曼，她完全不需要权衡，她十分确信自己应该选择他。每个认识他们的人都丝毫不会怀疑，他们已经互许了真心。但最终，还是阿尔苏迈出了决定性的一步，她同样很快从童年的爱情里清醒过来，写信给罗曼，说她已经爱上了别人。她不知道，这个消息对他来说是多么大的解脱。

坐着罗曼的摩托车到处旅行，是娜斯佳最美好的回忆之一。那是一台战前生产的重型摩托，罗曼就是驾着它从克里米亚来到了乌克兰的首都，并且一次又一次地凭着直觉对它修修补补的。它会喷出蓝黑色的烟团，发出地狱般的吼声，但每当娜斯佳坐在后座，抱紧罗曼的身体，牢牢贴着他的脊背，她就感觉自己抓住了火鸟的尾翼，与罗曼一起翱翔在天空之中。他们呼啸着到处飞驰，去喀尔巴阡山区，去乡下探望娜斯佳的父母，回克里米亚的罗曼父母家。在基辅，他们很难找到机会独处，但摩托车转眼间就能让他们摆脱所有人的视线，把他们带到只有彼此的地方。

那个时候，去巴赫奇萨赖的路上会经过几乎未经开发的蛮荒地带，每走一次都仿佛经历一次冒险。但每当抵达这段旅程的终点，娜斯佳的冒险都会得到丰厚的回报。克里米亚是一个完全不一样的世界，一个明亮而温暖、她从未见过的海边的世界。她从小就特别喜欢水，总是被河流湖泊所吸引，她说自己该是一条鱼而不是一个人。拥有原始力量的大海对她来说就是一种启示，是她最向往的地方。

在海滩上，娜斯佳和罗曼可以在帐篷里单独相处很长时间，这在别处几乎是不可能的。在基辅，他们很少能找到独处的机会，学生时代如此，工作之后也没有什么改变。他们极其频繁地往克里米亚跑，因为那意味着奔向自由。隔不了几天他们就会去探望罗曼的父母，他们在罗曼家里洗热水澡，吃些热饭热菜，然后就驾着车直奔野外。他们把帐篷搭在黑海边的一片偏僻海滩上，娜斯佳总是不厌其烦地一次次冲进在轰鸣声中奔腾而来的大西洋波涛。在这里，他们不仅可以享受二人世界，还可以在国家的那只眼睛下面，在一个苏联公民平日永远无法摆脱的无处不在的权威前面，隐身片刻。

他们同年完成了学业，紧接着就在基辅的民政局登记结婚，然后各自开始了自己的第一份工作：罗曼在一家诊所的外科部实习，娜斯佳在负责规划和实施全市建筑项目的市建联合企业工作。在最初的几个月里，她白天趴在制图板上为新造的建筑设计管道系统，夜晚却和罗曼在一辆废弃的木制老货车里度过。通常情况下，年轻夫妇在婚后会和某一方的父母同住，但娜斯佳和罗曼既不想搬去乌克兰的其他地方，也不想住在克里米亚，他们只想留在基辅。在这个眼看要被拥挤的人群涨破的城市里，能留下来并且还有一个落脚之处，就已经值得庆幸了。

他们就在这辆货车上安了家，走上一段窄小的铁楼梯就能进入这个架在轮子上的小家。过去这辆货车是用来运送甜菜的，潮湿腐朽的木头已经被甜兮兮的烂蔬菜气味浸透了，永远散发着这股味道。风从各种缝隙里钻进来，电和水当然也是没有的。还好车里有一个排烟管直通户外的锅炉，多多少少能让家里变得暖和一些，当然，前提是得在附近找到可以用来燃烧的东西。洗澡和生活用水,他们可以在罗曼工作的诊所解决。这辆报废的货车就停在诊所的空地上。商店一如既往地空空如也,娜斯佳和罗曼每天在各自的单位食堂解决一餐饭,除此之外就没有什么可吃的东西了。鼓励自由主义的赫鲁晓夫时代已经结束,一个长着粗黑眉毛的乌克兰人,勃列日涅夫,在1964年成为苏共中央第一书记,苏维埃帝国自此开始了漫长的冰封期。

后来娜斯佳就怀孕了,临近预产期的时候,他们终于分到了集体公寓里的一个房间。这个房间比货车车厢也大不了多少,但好歹配备了集中供暖,也安装了电灯。房间对面的庭院又窄又暗。每天早上,他们和邻居们一起排队上厕所,每个人手里都攥着自己的卫生纸。晚上,厨房里常常同时忙碌着五个女人,其中有一个叫罗莎·阿布拉莫夫娜的斜眼老妇人,她是犹太人,躲过了德国人的迫害从战争中幸存。每次做饭的时候,她的嘴里都会叼着一支卷烟,即便是在用小舌音咒骂整个世界尤其是她的室友的时候,那支烟也从不会离开她的嘴。

女儿维卡出生后,娜斯佳便彻彻底底地被卷入了苏联妇女的共同命运。前不久或许还不会读写,或者在别人家当女佣的她们，现在都得到了进入大学以及几乎所有行业工作的机会，但除此之外，她们还必须继续理所应当地扮演好传统的女性角色，兼顾母亲的责任和职业妇女的身份，并且独自应对苏联日常生活中那些超出常人承受范围的、近乎《圣经》里描述的那种艰辛——在短缺经济的一败涂地中，她们永远首当其冲。娜斯佳就这样生活了近三十年。这段岁月对她来说就像一条无穷无尽、永不停止的传送带，又像一条奔流不息、一成不变的长河，灰暗无光，令人麻痹，没有任何逃脱的指望。一大早，她把哭喊着的孩子留在婴儿床里，走进拥挤得令人窒息的地铁人群，奔向办公室，化身为一名高级工程师。在八个小时或更长的工作时间里，她必须与经营不善和管理混乱斗智斗勇，还要克服材料采购上的各种难题。下班后，她风雨无阻地在商店门口排长队，欣赏着橱窗里用清一色蛋黄酱罐头堆成的大金字塔。除了面包，蛋黄酱和面条是为数不多的随时可以买到的东西了，其他任何东西都少不了排队，有时要排上好几个小时，哪怕是土豆、面粉这样简单的东西，都必须凭本事去"搞"。水果、蔬菜、糖之类通常是不能指望的，哪天碰巧能搞到花菜、西红柿或者橙子，那都得归功于运气。

私人市场上倒是什么都有，但那里的价格要比国营商店高出好几倍，几乎没有人能承受得起。娜斯佳拎着沉重的袋子把孩子接回家后，就得赶紧准备做饭，去掉筋肉、磨碎骨头、削半烂的土豆、剥变硬了的卷心菜……晚饭吃完就该照顾孩子了，然后要哄她睡觉、洗碗、把尿布洗干净晾在天花板下的绳子上、熨烫、缝缝补补……活儿都在等着她，似乎永远也没有尽头。最后她爬上窄床躺在罗曼身边读不了几页书便沉沉地睡去，五六个小时之后，一切又从头开始。大地上的空气都不再流动，所有东西都静止了，仿佛陷入了无穷无底的沼泽之中。

她的女儿维卡是个不太容易相处的内向孩子，每天把她送去幼儿园都是个难题，因为她会想尽办法手脚并用地抗拒。那里有各种家里没有的规矩，有上嘴唇挂着邋遢绿鼻涕、又胆怯又好斗的同学，有盖在冷麦糁粥上的泛着蓝色的厚奶皮，还有令人作呕的消毒剂气味。这样的幼儿园一直留在她的记忆深处，对她来说，那就是乌克兰的缩影，一个无比陌生、令人憎恶、充满敌意的国家。甚至即便已经过去了很多年，已经成了大人的她也不愿再踏足这片土地半步。

娜斯佳和罗曼在结婚之后立刻就在分配公寓的等候名单上登记了自己的名字。十多年过去了，终于轮到他们了。他们可以用很低的价格买下一套不大的合作社公寓。公寓在一栋板式装配建筑的第十五层，一个半房间加上一个小厨房、一个小浴室、一个小阳台。这个新建的住宅区规模庞大，名叫"Obolonj"，大约是河边草甸的意思。它和东欧的其他典型卫星城镇一样鬼气森森，从远处看，就像用乐高积木搭在地平线上的巨大模型。不过令娜斯佳非常高兴的是，她的家就在第聂伯河边，这个地方水位很高，每当对岸消失在薄雾后面，河面看起来就像是大海。

她终于在自己心爱的水边安了家。但除此之外，一想到要在这个地方度过余生，她更多感到的是灰心丧气。公寓的所有窗户都朝向西南，一到夏天，房间就如同火炉，傍晚虽然可以坐在阳台上看着那颗火红的太阳沉入第聂伯河，但娜斯佳却很少有时间欣赏。到了冬天，暖气片又常常不给力，她就只能让厨房里的煤气炉子始终燃着，好歹能把手烤得暖和些。此外，断电也是家常便饭，应急照明的蜡烛属于稀缺物品。还有说来就来的停水，有时娜斯佳刚刚站在花洒下给头发打上香波，管道里就流不出水了。

那个时候,娜斯佳这间三十八平方米大的单间公寓里住着六个人。漂亮的维卡十九岁时嫁给了一个酗酒的混混,男方家比年轻妻子家还要局促,他只能搬来和娜斯佳他们住在一起。六个月后,夫妇俩又不得不把房间辟出一半来安放婴儿床,因为娜斯佳和罗曼的外孙斯拉瓦出生了。后来娜斯佳又把自己守寡的老母亲从外省接过来,父亲去世后她便无法独自应对日常生活了。

随着时间的推移,娜斯佳与罗曼渐行渐远。两个人都开始借助一段段露水情缘来逃离让人透不过气的生活环境。外界的逼仄带来内心的压抑,已经到了让人难以忍受的地步。他们不再去克里米亚。罗曼的父母过世,他的摩托车也彻底完成了自己的使命。他们本来可以申请一张休假券一同前往克里米亚,但如果申请批准了,他们就得在为职工准备的度假屋里共度两周的时光,吃职工食堂,遵守度假屋守则,享受一片被乌泱乌泱的人群占满的海滩。

现在他们唯一共享的自由天地就是罗曼在基辅郊外的假日营地上组装起来的一栋简易小度假屋。在不那么寒冷的季节里，他们几乎每个周末和所有节假日都是在那里度过的。屋外的花园里生机勃发，肥沃的乌克兰黑土上生长着草莓、覆盆子、土豆、黄瓜、莳萝和西红柿。第聂伯河就从旁边流过。当时的河里还有很多鱼，罗曼因此成了一个狂热的钓手，常常独自在河边一坐就是好几个小时。太阳下山后，他们就在篝火上烤刚钓来的鳊鱼、鲫鱼和丁鲷，娜斯佳还可以跳进一旁的河水里尽情地游泳。虽然乌克兰每年都有很多人在河里溺亡，但娜斯佳对第聂伯河变幻莫测的水流和漩涡毫无畏惧，她在水里是安全的，那是她的地盘。

她的朋友、过去的同学，还有同事、邻居，都是度假屋的常客，他们是她生活的一部分，他们就像家人，彼此信赖，互相支撑，共同组建成了一个大家庭。娜斯佳在交朋友这件事上有着非凡的天赋，同时她也幸运地遇到了许多愿意与她亲近、深爱着她的人。如果什么时候她独自一人在度假屋里待上一天或是一夜，儿时的那种恐惧就会再次爬上她的心头。虽然逼仄的环境会让她感到透不过气，她有时也渴望捧着一本书独处片刻，但她终究不是一个独来独往的人，她需要被周围人簇拥，她需要集体，需要人群。

她早已对童年和青少年时期鼓舞着她的社会主义理想失去了信心。她已经清楚地意识到，自己一直生活在谎言和欺骗之中，党向她承诺的光明未来永远也不会到来，她的生活被独裁统治支配着，全体人民和每一个个体都属于国家，而国家则利用它占有的一切为所欲为。所有人都被献祭给了一种关于新人类的理想，为了打造这种新人类，就必须清除掉数百万其他人，他们被送去了古拉格或者被直接杀死。没有人能说得出，新人类到底是什么，再后来连这个提法也被遗忘了。没有人再关心作为共产主义理想前身的社会主义，没有人再理会街上无处不在的写着乐观口号的红色横幅，包括把这些横幅挂起来的人自己。一切都是表面功夫，只是为了让那凌驾于幻想破灭、人心涣散的群众之上的权力得以延续。但最让娜斯佳痛心的是，她再也见不到巴黎、罗马、地中海、海涅的罗蕾莱①、陀思妥耶夫斯基的巴登

---

①罗蕾莱是莱茵河畔的一块陡峭岩壁，所在河段水流湍急、暗礁林立，常有船只倾覆，因此民间有女妖引诱水手的传说。德国诗人海涅在1824年以此为题材创作的诗歌《罗蕾莱》使得"罗蕾莱"这个名字广为人知。——译者注

巴登①了。正如安娜·阿赫玛托娃所说,她的世界被偷走了。

现在的莫斯科是米哈伊尔·戈尔巴乔夫的天下了,"Glasnost"和"Perestrojka",即开放与改革之类的词语似乎为一个新的时代拉开了序幕。不过当时的娜斯佳还想象不到,要不了多久她就会看到苏联的五角星、锤子镰刀符号、神圣的苏联领导人与英雄的大理石头像,全都在基辅的街道上被砸得粉碎,本来似乎永垂不朽的东西顷刻间从大地上消失殆尽。

1991年的苏联解体也意味着乌克兰苏维埃社会主义共和国的终结。乌克兰脱离俄罗斯宣布独立,走上了许多人企盼已久的自由市场经济之路。然而,这首先意味着,很大一部分人即将面临工资停发的困境,国库里已空空如也。娜斯佳领到的工资也越来越少,连续几个月都是白白干活。这个在乌克兰最大的建筑联合企业里工作了二十五年还多的地下工程高级土木工程师,领到的最后一笔工资,是一小袋大米。

---

① 巴登巴登是德国西南部的著名温泉疗养地。俄国作家陀思妥耶夫斯基曾旅居巴登巴登并且流连于赌场输得惨不忍睹,这段经历被他写进了自己的小说《赌徒》。——译者注

当时的娜斯佳几乎失去了一切，孤身一人面对一个嗷嗷待哺的孩子。她的母亲在几年前去世了，她的女儿"黑"在荷兰，她自己与罗曼的婚姻也在日常生活的风刀霜剑里破裂。许多夫妇在离婚后根本找不到别的住处，只好依旧生活在同一个屋檐下，幸好娜斯佳和罗曼不用遭受这种特殊的折磨——罗曼遇到了另一个女人，离婚后就搬去和她同住了。娜斯佳身边只剩下六岁的外孙斯拉瓦，这是她女儿留下的，孩子的父亲在她生产后不久远走高飞。娜斯佳失去了工作：自己的温饱都成了问题，要怎么养活外孙呢？

小食品柜很快就见了底，最后剩下的只有大米。娜斯佳把它分成了很多份，每天取几份煮熟再加几滴葵花籽油，这就是斯拉瓦的主要食物了。因为恶性通货膨胀，她那微薄的积蓄几乎一夜间成了废纸，她变得一贫如洗。作为一个苏联公民，这是她做梦也想不到的。她虽然从来也没有感到过富足，但始终都有一份收入可以维持生计，她也从不怀疑这样的状态会一直延续到生命的尽头。一份从摇篮到坟墓的微薄保障。但现在她尝到了自己母亲当年尝过的滋味，她终于可以想象，在战中和战后的那些日子里,母亲是怀着怎样的心情把饥肠辘辘的孩子们哄去睡觉的。娜斯佳的外孙斯拉瓦是个勇敢的孩子,小小年纪,已经担负起了安慰外祖母的责任,但他肉眼可见地一天天消瘦下去,贫血也越来越严重,夜里饿得实在受不了,还会在自己的小床上呜咽。商店里倒是出现了以前从未有过的货品,但所有商品都是进口的,标着大多数人难以承受的高昂价格。

娜斯佳做好了接受任何工作的准备,无论它多么低贱,报酬多么低微。她跑遍了整个城市,愿意为任何人效劳,但没有人需要她。所有行业都濒临崩溃,到处都在裁员,没有地方雇用新人。与她风风雨雨共事了二十五年的同事大家庭也渐渐瓦解,所有人都自顾不暇,为自己的生存而挣扎。

"生意"这个词成了新的咒语,未来属于创业者。娜斯佳试过卖小馅饼,她把林子里采来的蘑菇做成馅料。她也尝试过裁缝活儿,她拆开自己的旧裙子,照着法国时尚杂志上的衣服样子,用缝纫机踩出一条新裙子。她甚至真的把自己做的一件成功卖了出去。买家是过去的一位同事,她和丈夫开了乌克兰的第一家复印店,靠它过上了不错的生活。但后来娜斯佳听说,某天早上,这对夫妇发现两个持武器的陌生男人等在自家的店门口。那两个人对他们说:"回家去吧。这家店现在属于我们了。"这样的事情并不罕见。警察是不会插手的,他们已经被收买了。所有人都被收买了。这个国家现在属于那些自称寡头的人。

幸好罗曼还在。虽然他也没办法再按时领到工资,但至少可以不时地接济娜斯佳一些钱,让她给孩子买酸奶和碎荞麦片。有的时候,她就只能寄希望于一份慷慨的施舍了,或是指望朋友们发出晚餐的邀请,但他们同样一无所有。所有人都在砸锅卖铁。娜斯佳卖掉了自己的刀叉、餐盘、书籍,还有她那件漂亮的狐狸领外套。据说有人甚至卖掉了自己的一个肾,这才有钱来购买食物。

眼下她经常想起陀思妥耶夫斯基的《卡拉马佐夫兄弟》,想起西班牙宗教大法官和基督之间的对话,又一次降临世间为人们带来自由的基督第二次被判处死刑,因为宗教大法官认为,对于人类和人类社会来说,没有什么比自由更难以忍受了。是这样吗?她,娜斯佳,有生以来终于第一次尝到了自由的滋味?她如此渴望的自由,难道就意味着丧失任何一种保障、割断任何一种联系、是生是死都不再与任何一个人有关吗？

　　一个计划在她的心里渐渐成形。她的姐姐塔尼娅已经在德国生活了好几年。因为塔尼娅嫁给了犹太人，他们的两个儿子以犹太人的身份离开了苏联前往德国，丈夫去世后她通过家庭团聚程序和孩子们一起定居在了德国。战争和大屠杀结束后，苏联的犹太人处境得到了暂时的改善，但反犹主义苏联向来就有，很快，反犹就死灰复燃。伴随这种歧视产生了一个吊诡的有利条件：犹太人被允许离开苏联。在一些人试图隐藏自己的犹太身份以避免歧视的同时，另一些人却拼命想在自己的家族历史中找到一位犹太祖母或曾祖母，凭借家谱中一个哪怕十分不起眼的犹太分支，他们就能跑去西边。

　　过去，德国不仅接收犹太人，还接收每一个越过边境的苏联公民，因为他们都被视作共产主义制度的受害者。如今，这个制度已经不复存在，没有人再会扣留已解体了的苏维埃帝国的公民，他们可以随时离开，去任何他们想去的地方，但也因此，这个世界上不再有任何地方允许他们进入。不过娜斯佳还是听说了不少传闻，比如有人在成功拿到了德国的旅游签证之后去打了几个星期的工，回来时便揣着一笔钱，这笔钱足够在乌克兰生活半年。

她与住在柏林的姐姐取得了联系，并把这个想法告诉了她。要实现这个计划必须具备两个条件：首先她得筹到去柏林的火车票钱，同时她必须找到一个能为她在德国的居留提供担保的人，比如她在德国生病了，那个人就要承担她的治疗费用。她的姐姐并不是合适的人选，她自己也靠社会救济维生。她外甥们的物质条件也相当有限，所以他们提供的担保同样不会被接受。不过他们认识一个俄罗斯人，在做跨境贩卖二手德国汽车的生意。这个叫阿尔乔姆的男人拥有德国永久居留权，他可以证明自己的收入非常丰厚，也愿意为他朋友的小姨提供担保。

娜斯佳收到了从莫斯科寄来的担保声明后，便带着它去了德国驻基辅大使馆。在穿着制服的工作人员的监督下排了好几个小时的队之后，她把签证申请递交了上去。几周后，她又去排了几个小时的队，全身被倾盆大雨浇了个透，终于拿到了盖了签证的护照。她获得了许可，可以在德国停留四个星期。这个小小的印戳，以及这张贴着她照片的不起眼的小纸片，就是她跳往世界的另一边所需要的全部，而她长久以来已经对此不抱任何希望了。

但是如果不解决旅费问题的话，所有的努力就会功亏一篑。于是她向每个朋友都借了一小笔钱，所有人都尽了自己的一份力，仿佛娜斯佳正代表着他们所有人前往一个对他们来说仍然如同传奇一般的世界。而照顾斯拉瓦的任务，在这段时间里就落到了罗曼的身上。

1992年7月里一个炎热的日子，娜斯佳在基辅火车总站登上了开往柏林的火车。她的行李十分简单，只是背上的一个双肩包，和她平日里的旅行没什么分别。过了利沃夫，就出了苏联的地界，这是她生平第一次离开这片土地。进入德国的第一站是奥得河畔的法兰克福，第二站是柏林－利希滕贝格。她从等候在站台上的人群中认出了自己的姐姐塔尼娅，她在德国的这些年里圆润了不少，花白的头发剪了一个波波头造型。她们已经六年没见过面了。姐妹俩的关系从来都称不上亲密，两人不仅年龄相差很大，性格上也没有太多共同点。

火车站离地铁站不远，一路上娜斯佳看到的都是她在家乡随处可见的板式装配建筑，她仿佛只是从乌克兰的一个"Obolonj"搬到了德国的"Obolonj"。不同的是，这里矗立着许多被脚手架包围着的高楼，整条道路都在手提钻的轰鸣声中震颤，远处还林立着把巨型手臂伸向云端的大吊车。在尘土飞扬的空气里，娜斯佳也嗅到了几丝家乡的味道：那是东欧汽车排出的废气味，它们气喘吁吁地颠簸着从她身边驶过，而闪亮的西欧汽车则静静地漂浮在沥青路面上。行人必须不时绕过建筑基坑，还得留心遍地都是的狗屎。人行道上老化开裂的焦油沥青被发烫的正午热浪烘烤得发软。那年夏天似乎是很多人记忆里最热的一个夏天。眼前的所有东西都仿佛与娜斯佳隔着一团雾气。她感到精疲力竭，整个人浑浑噩噩。在火车上的二十四个小时里，她几乎没有合过眼。

塔尼娅住在威丁区，过去东西柏林的交界处。就在几年前，她从自家的窗户往外望，还能看到那道被涂得五颜六色的墙，墙只有朝向西边的这面是彩色的，背后则是另一个世界的延伸，那是一个灰暗而无望的世界，她曾经就属于那里。再往前，还能看到一栋房子破败肮脏的背面，上面的窗户被东德用混凝土封了起来，这样一来，住在里面的人就看不到墙另一边的西边世界了。

塔尼娅的公寓在一栋西边式样的巨大混凝土建筑

里，楼下门铃按键上却几乎只有东欧姓名，外加几个土耳其姓名。社会保障管理局出钱，为她购下了这套配有小厨房、淋浴间和小阳台的单间公寓，楼下不远处就能找到奥乐齐、欧倍德和施莱克①。房间里有冰箱、全自动洗衣机和可以接收两个俄罗斯频道的电视，它们全都来自慈善机构的捐赠。陌生的德国生活里的残余物，就这样在塔尼娅的公寓里完成自己最后的使命。娜斯佳找了一张沙发当作自己的床，她姐姐的床则放在房间一个专门为它辟出的凹间里。

塔尼娅为她准备了乌克兰罗宋汤和肉末馅饼，配上面包和酸奶油。娜斯佳已经说不出她上一次吃到这些是什么时候了，她也几乎忘记了自己心爱的加糖黑咖啡的味道。饭后她喝了三杯咖啡，抽了两支烟，洗了个冷水澡，就躺在沙发上睡着了，美妙的咖啡香气还在她的鼻尖缭绕。

第二天一早，她就穿上绽了线的乌克兰麻底鞋，迈着少女般轻盈的步伐，和姐姐一起从维滕贝格广场走到了选帝侯大街。塔尼娅带她参观了卡迪威百货商店、纪

---

① 分别为德国连锁廉价超市、连锁建材家居市场、连锁药品及日化用品超市。——译者注

念教堂、著名的克兰次勒咖啡馆,但比起这些标志性建筑,路边的景象才更加让她印象深刻。街边的红色遮阳伞下,人们坐在露天餐桌旁大快朵颐。一个女服务员为其中一桌端来了大银盘,上面的烤肉堆积如山。娜斯佳还在纳闷,这餐桌上的四个人怎么能吃掉分量这么惊人的烤肉,但随后她意识到,这并不是四人份而只是一人份。她简直不敢相信自己的眼睛。即使在最好的年景里,你也永远不会在一家乌克兰餐馆吃到这么大分量的肉。一个人能吃得下这么多,在她看来根本是不可能的。乌克兰流传着五花八门的关于西边的传言,但她还从来没有听说过这里的人食量如此之大。像这样的一份肉,再配上炸薯条和一大盘沙拉,足够她和她的外孙吃上一整个星期了。

第二天,她就让姐姐陪她去了夏洛滕堡区的一个地址。在柏林的这段日子里,她要每天到那里做五个小时的清洁工作。那个俄罗斯二手车经销商阿尔乔姆不仅为她做了担保,还给她介绍了这份工作。在乌克兰的时候,她从来不会和一个俄罗斯寡头有什么交集,现在她就要在德国见识到他们的生活了。这家人住在选帝侯大街支路上的一栋豪华旧别墅里,里面有私人的橘园、游泳池和三间配着金色水龙头的大理石浴室。这些人在俄罗斯混乱的转型时期成功地从国有资产里抓走了丰厚的一块,从中赚取了难以想象的巨额利润。他们过着革命前的俄罗斯封建领主一样的生活,把除自己以外的所有人都视同自己的奴仆。

玛丽娜·伊万诺芙娜大部分时间独自住在别墅里。她的丈夫总是在各地出差,或者在莫斯科处理生意。这对夫妇在莫斯科大名鼎鼎的卢布廖夫卡拥有一处住宅,那里是最受新贵们青睐的住宅区,里面的每栋住宅都自成一体高度戒备。在德国,他们雇了一名管家和一名司机,娜斯佳则负责一些琐碎的工作。她用了整整一个星期的时间,才把别墅的两个楼层完整地打扫了一遍,然后一切又要从头开始。她还得花好几个小时把厨房和浴室的金属配件擦亮,用吸尘器清理一张又一张的地毯,梳理地毯边缘的穗子,爬上梯子掸去枝形吊灯的灰尘,把上面的每一块水晶擦得晶莹剔透。此外,让所有瓷砖时刻保持光亮如新,整理堆放着大量陌生电器的厨房,也都属于她的职责范围。而她最最害怕的要数杂物间里的三门橱柜了,那里堆满了让人眼花缭乱的清洁用品。

在基辅的时候，她只用苏打水和家事皂来打扫卫生，而这里的每件物品都配有专门的清洁剂。娜斯佳站在一瓶瓶贴着德语标识的容器前，仿佛面对着一片神秘的森林，每次她都会迷失。女管家玛法是个和善的人，但也帮不了娜斯佳太多，她几乎不会德语，还要忙自己的工作。她必须为玛丽娜·伊万诺芙娜和她的客人们做饭烤点心，清洗熨烫衣物，喂两岁的尼娜吃饭。尼娜是个专横的小女皇，每天都打扮得像橱窗里的人体模特，每次玛法把盛着胡萝卜泥的勺子伸到她的嘴边，都会被她打落在地。

当娜斯佳和玛法在家里忙碌、司机在外面奔波或者去采购的时候，玛丽娜·伊万诺芙娜通常都在打电话。她经常整日里披着长睡袍、踩着高跟拖鞋走来走去，一边抽烟一边和她在俄罗斯、美国、以色列以及德国的俄国朋友们谈天说地。这个时候她就会露出自助吧台女服务员那种略显粗俗的口吻。就在几年前，她还在莫斯科一家公司的食堂里工作，很可能和娜斯佳一样住在板式装配楼或者破旧的集体公寓里，三天两头遭遇停水，穿过走廊的时候还会撞到室友挂在墙上的自行车。

娜斯佳总想躲开玛丽娜·伊万诺芙娜时刻监视的视线，因为在这位女主人的眼里她永远都在犯错。她总是遭到训斥和百般挑剔，有一次甚至差点被掌掴，只是因为她在一张价值不菲的玻璃桌面上喷洒了水垢清洁剂而不是玻璃清洁剂。最后，这位女主人从她那天的报酬里扣了十马克，并威胁她说，如果再发生这样的事就立刻把她扫地出门。

娜斯佳从来没有受过这样的侮辱和贬低，她在苏联生活的时候从没想到自己有一天会成为一个俄罗斯暴发户妻子的女仆。屈辱、羞耻、愤怒在她的内心不断灼烧。每天她都发誓，宁愿再次挨饿，宁愿死掉，也不会再跨过这栋房子的门槛，但赌咒之后她总会想起斯拉瓦需要一件新的冬季大衣，想起他连一双合适的鞋子也没有，想起她生病的朋友达莉把所有的希望都寄托在她许诺从德国带回去的药物上。她回想起自己在基辅毫无指望的乞丐般的生活，她现在每天为玛丽娜·伊万诺芙娜工作五个小时挣得的三十马克，兑换成乌克兰过渡货币库邦后，足够让斯拉瓦和她自己在基辅生活一个多星期，也就是说，在玛丽娜·伊万诺芙娜这里多熬过一天，她和她基辅的外孙就可以多活一周。所以尽管眼下她过得比以往任何时候都更加艰难和痛苦，但第二天一早她仍然挣扎着从床上爬起来，坐车回到夏洛滕堡去服她的苦役，回到那块从她那已经解体了的故乡延伸出的领土——她原先对它一无所知，现在却在柏林一睹它的真容。

塔玛拉是她的外甥马克西姆的妻子，她在基辅完成了音乐学院的学业，眼下在柏林潘科区的一所音乐学校担任钢琴教师。她私下里还收了一些学生，为他们上门授课。有一天，她打电话给娜斯佳，说自己学生的家长正急着找人来顶替休病假的家政女工。

不久，娜斯佳便踏进了德国人的家门，生平第一次。这户人家的男女主人同为眼科医生，家里有两个孩子，礼貌而友好。娜斯佳终于不用时时刻刻在雇主的眼皮子底下干活了，她的报酬也从每小时六个德国马克涨到了十马克。这里虽然没有玛丽娜·伊万诺芙娜家的富丽堂皇，但也让娜斯佳大开眼界。仅仅是客厅就比她在基辅的整个公寓还要大，另外还有五个布置舒适的宽敞房间、一个大厨房、一个储藏室、一个露台和两间可供四人使用的浴室。女主人非常友善地带她熟悉了家里的情况，向她解释了吸尘器的用法，给她看了需要洗烫的衣物，然后就留她独自一人在家。这完全超出了娜斯佳的意料。他们就这样爽快地把整间公寓托付给了她这样一个陌生人，一个异邦人。她坐在厨房的椅子上，抑制不住地泪流满面。她也说不清自己到底为什么哭，或许是眼前的这间德国公寓，把她在基辅始终无法摆脱的对失去安身之所的担忧反衬得尤为触目惊心，又或许是这两个德国人表现出的信任和关怀，让早已习惯了玛丽娜·伊万诺芙娜颐指气使的她一时难以接受。

过去，娜斯佳并不怎么把家里的清洁工作太当回事，但现在她干起活来非常认真细心。在雇主眼里，她动作麻利、为人可靠，几乎找不到比她更出色的家政女工了。所以那家德国人又把她推荐给了别的家庭，她就这样接到了一份又一份的新工作。玛丽娜·伊万诺芙娜当然不愿意放她走，但这已经不是她可以左右的了，于是她只好换成一副乞求的嘴脸，突然亮出了自己无产阶级的家庭出身。娜斯佳总害怕受到德国人的歧视，但她在一位俄罗斯寡头的妻子身上尝到了这种滋味，而今她终于可以摆脱这个噩梦，不用再依赖这个女人了。在德国人家里工作时的失语状态虽然令人痛苦，但没有一个德国女人会把她看成渣滓，更没有人责备她或是羞辱她。她从早到晚都在工作，但几乎称得上是快乐的，做家政女工赚的钱也大大超出了她的想象——直到她第一次在柏林翻开护照发现，她的签证前一天刚刚过期。

也许忘记这个期限的存在并不完全是无心之举。或许就在她踏上旅程的那一刻，要把这个日期从记忆中抹去的念头就已经沉睡在她的心底了。她永远不会有胆量蓄意做出非法居留的决定，她只是不知不觉地听从了这样一种想法：对于斯拉瓦来说，一个为了给他挣生活费而不得不缺位的外祖母远远好过一个陪他一起挨饿的外祖母。她害怕回到一贫如洗的状态，她不由自主地在这种恐惧中屈服着，这一刻，她才大梦初醒。她盯着签证上已经错过的离境日期，另一种恐惧开始浮现。这是她这样一个在独裁统治下出生的孩子在呼吸第一口空气的时候就嗅到的恐惧：害怕事情败露，害怕受到惩罚。她惊恐地环顾四周——已经有人在跟踪她了吗？他们是来逮捕她、把她送进监狱的吗？

她一天天地拖延着，每多停留一天，她的罪恶感就加重几分，也就更加不敢去面对出入境检查。她和罗曼通过了电话，斯拉瓦的事用不着她操心，他的外祖父显然会把他照顾得很好。罗曼的新婚妻子自己没有孩子，对他的外孙也始终疼爱有加。娜斯佳的家乡并不需要她，而她留在这里的理由却非常充分，她在德国赚到的钱可以帮助她的同胞渡过难关，可以用来资助她最贫穷的朋友。而她花在自己身上的钱却极其有限。一天几杯浓浓的黑咖啡用来对抗低血压，几根万宝路用来替代口感苦涩的俄罗斯普瑞玛，还有一张乘坐公共交通工具所需要的月票和交给负责一日三餐的姐姐的伙食费，这些就是她所需要的全部了。

就这样她拖过了一周又一周，一个月又一个月。半年之后，已经没有哪一种清洁剂是她不认识的了。她从来没有想过，有一天自己会遭受和女儿同样的命运。她一直盼望着维卡有一天能回到家里，而她自己现在却像女儿一样流落到了西边，沦落成一个非法移民。在这座野蛮生长着的新德国东西交汇之城里，躺在姐姐家沙发上过夜的她，成了那无法估量的非法移民灰色数字里的一个。

她每隔一周来我家做一次清洁，我很欢迎她的到来。她看起来那么美丽，苗条的身材几乎无可挑剔，举手投足都透出一种与生俱来的优雅，仿佛她从未经历过任何坎坷，仿佛她内心的平和从来没有被任何东西打破。一般说来，有个陌生人来家里打扫卫生，我总会感觉很不自在，但娜斯佳干起活来是那样谨慎，那样敏锐，几乎不会让我感觉到她的存在。她从来没有在我的公寓里留下任何陌生人的痕迹，恰恰相反，她似乎比我自己更清楚，怎么做才能让我的家更加舒适。她总是笑容灿烂地对着我，告诉我来这里工作的日子对她来说就是节日，因为她可以和我用俄语交谈，而且我住得离她姐姐家很近，她可以直接步行过来。这个说法一直让我觉得奇怪。我能理解她喜欢和我用母语交谈，但她完全可以随时享受步行三公里的乐趣，不必非得到我这里来打扫卫生。为什么这段步行路程对她来说有那么大的吸引力呢？

我当然记得她听到乌克兰音乐时情不自禁流下的眼泪，我也已经猜到，她的德国居留许可失效了，她需要别人的帮助。我早就做好了准备，等待她向我求助的那一天。除了我，谁还能成为她与这个德语世界的中间人呢？这是上天注定的，为她担当这样一个角色，我是最适合的人选。但她从来没想过伸手抓住这环抛向她的救生圈，她对自己的私事闭口不谈，她的骄傲她的教养不允许她这么做。在走向我家的路上她会那般愉快，这背后或许隐藏着有关她处境的秘密，那可能是我意想不到的，也可能是我无法理解的，但我一直没有追问。

我从来不打听她的私事。我们保持着一种十分友好但又有些疏远的关系，我是她的雇主，她是从我这里领取报酬的员工。我似乎从没对她的好心情和她有意表现出的无忧无虑起过疑心，尽管我在决定雇用娜斯佳的那一刻就已经瞥见了命运的暗影，我看到它又一次追上了我的脚步。或许正是因为这个原因，我才并不急于探索她背后的故事。当初是我自己做出决定，把清洁工作交给下一个按响我家门铃的人的，没有人蛊惑我，也没有人强迫我。我就这样在不知不觉中接受了命运的安排，尽管我之前早已下定决心，不再参演任何一个东边西边的故事。那样的故事我在过去的人生里已经经历了太多，我不想再与东边的一切有任何关系，它抓着我的出生地对我紧追不舍，把我拖进无穷无尽的痛苦和悲剧。我厌倦了在生活中一直兼顾两头，不管什么事都要站在两种立场上思考，俄语的方式德语的方式，永远用两种标准来衡量一切，永远也不知道哪一种才真正属于我自己。

有一天，娜斯佳突然打来电话向我告别，说她要回基辅，那个时候她已经在我这里做了三年了。我和她的故事本可以就此结束，但是我不经意地追问了她一句：

"发生什么事了吗?"娜斯佳支吾着还没有说出事情的原委,我就已经清楚地意识到,自己不可能不闻不问地从中抽身了。这是她第一次以私人名义来找我,我们一起喝了茶,她把一切都告诉了我。

在签证过期后的一年多里,她每时每刻都生活在恐惧之中。她只在外出工作时才离开姐姐的公寓,走在大街上会不断地四处搜寻警察的身影和警车的踪迹,她根本不敢与迎面走来的路人对视,他们的眼神里仿佛都充满了怀疑。夜里她常常从噩梦中惊醒,因为她感觉有人按响了门铃。我现在终于明白过来,她为什么对能步行到我家庆幸不已,因为她最害怕的,就是在公共交通工具上遇到查票。每次坐车,她都担心她的护照需要和车票一起出示。她确信自己的额头上明白无误地写着"非法"二字,她觉得自己的有效车票无法在检票员面前掩盖签证早已失效这个事实。在她眼里,检票员就是一个手握权力的人,根据她的经验,这样的人只会凭着自己的独断专权任意摆布她,任何时候都可以随心所欲。每天早上在走出家门去工作的那一刻,她都坚信自己会在上班途中被抓个正着,然后被送进监狱。

时刻担心自己的非法居留被发现的同时,对女儿维卡和外孙斯拉瓦的牵肠挂肚也在一刻不停地折磨着她。对于斯拉瓦,她虽然没法陪在他身边为他抵挡乌克兰日常生活中的各种危险,但至少还可以通过电话听到他的声音,她可以给罗曼打电话,确认一切安好,让自己悬着的心放下一两天。然而,与女儿维卡,她却失去了一切联系。她没有她的地址,没有她的电话,只能终日等着她的来电,而她打来的次数屈指可数。在两次通话的漫长间隙,她就会陷入极其低落的状态,各种念头幽灵般在她的头脑里疯狂生长。她感到内疚。她不仅抛下了外孙,也无法在乌克兰为自己的女儿创造一个适宜生活的环境。她知道维卡从小就能从自己的眼睛里看到恐惧,这种恐惧源于她童年时年迈的外祖父母,后来,母亲身边的每一个人都成了这种恐惧的来源。正是这种无法被娜斯佳掩藏的恐惧,使得维卡逃去了世界的另一边,逃离了自己母亲的目光。或许也正是因为这个,她才如此憎恨乌克兰,如此憎恨这个用根深蒂固的忧虑禁锢住她的母国。

最后,娜斯佳终于在柏林找到了一个答应把她从日常的恐惧中解脱出来的男人。这个叫彼得的人与为她提供担保的阿尔乔姆相熟,他说他可以为她提供一本新的乌克兰护照，国籍一栏写着"犹太人"而不是"乌克兰人"。他说，有了这本护照，再加上有效期三个月的入境签证（他也可以为她搞定），她就可以去外管局申请永久居留许可。她可以说自己的犹太父母住在柏林，年老体弱，需要人照顾，所以才不得不从乌克兰迁居于此，这就是她申请居留权的理由。顺便她还应该对自己作为犹太人在乌克兰反复受到的迫害控诉一番。一旦获得居留许可，她就可以立刻凭着它向社会福利局申请社会救济。不过，她必须把每个月转入自己账户的救济金取出来交给他，这就是这本新护照的价格。反正没有他的帮助，她本来也不可能拿到这笔钱。

我始终想不通，像娜斯佳这样一个谨小慎微的正派人士怎么愿意参与风险如此之高的冒险。不过，日复一日地生活在非法身份败露的恐惧之中，她或许已经濒临崩溃，而且因为签证过期，她也不可能安然无恙地返回乌克兰。如今的她，进退两难。另外，在她从前生活的那个世界里，法律的存在只会让人的生活举步维艰。在德国被认为是犯罪的行为，在那里只是生存的日常。要在法律的阴影之下求生，唯一的出路就是与它斗智斗勇，想尽办法破坏它、绕过它，只能永远站在法律的对立面上。遵守法律，就只有死路一条。在前半生里已经习惯了这样看待问题的娜斯佳，肯定也想到了护照伪造者的提议。背着国家耍些互惠互利的手段，再正常不过的操作了，这在她家乡是每天都会发生的事。

彼得要求她预付一千马克，这笔钱在娜斯佳获得居留许可后会从支付给他的社会救济金里抵扣。她可以把钱交给阿尔乔姆，请他代为转交。她这才知道，阿尔乔姆住在过去的斯大林大道上的一套豪华公寓里。他向娜斯佳保证，护照准备好后会立即联系她，他必须即刻前往基辅办理手续，整个过程需要三到四周时间。阿尔乔姆是个身材矮小的男人，毛衣下的肚子看起来就像一个体操球，发黑的眼窝里一对小眼睛仿佛闪耀着鬼火。他告诉娜斯佳，他正在俄罗斯边境与一名海关官员合作，后者能为他免除进口二手车的高额关税，作为回报，阿尔乔姆让他参与了自己的生意。

娜斯佳对还能收到彼得的消息几乎不抱什么希望。她想，也许他们只是合伙儿从她口袋里掏走一千马克然后平分了这笔钱。然而，实际上只过了三个多星期，彼得，一个瘦弱、跛脚、镶着金色门牙、戴着格子平顶帽的男人，就出现在了她姐姐威丁区的家里。他来找娜斯佳，把一本全新的乌克兰护照交给了她，上面盖着三个月的德国居留许可。与他先前保证的一样，写在国籍这一栏的，不再是"乌克兰人"（Ukrainerin），而是"犹太人"（Jüdin）。这个单词对于娜斯佳来说并不陌生，她和自己的姐姐一样，都嫁给了一个犹太人，她在基辅也有许多犹太朋友。小时候她就和那些逃过了纳粹种族灭绝的犹太孩子一起在家乡的大街上玩耍。和犹太人相关的东西在她周围随处可见，本就是她生活的一部分，但当她的目光落在新护照的另一行上，她不由得感到心头一紧：她的婚前姓氏变成了"卡茨"。她还没来得及考虑到这个在身份转变过程中不可避免的细节，事实上，她并没有真正思考过自己到底在做什么。突然间，她就成了一个娘家姓卡茨的人，她从内心深处觉得自己背叛了亲生父母，她从自己的护照上划掉了他们的姓氏就是让他们再一次死去。她真想把这本伪造的护照还回去，但她手里还被塞进了更多伪造的新文件：她新父母的出生证明以及结婚证的公证复印件。这些证件显示，她的父亲是1914年出生于敖德萨的巴鲁克·卡茨，母亲是1918年出生于赫尔松的罗莎·鲁宾娜，他们于1941年6月在敖德萨举行了婚礼。在1972年，也就是勃列日涅夫时期，这对夫妇来到了联邦德国,如今就居住在柏林米特区历史悠久的谷仓区,这是一个犹太传统正在迟疑中渐渐复苏的地方。娜斯佳知道这个地方,她有一户雇主就住在那里,他们在一栋烟熏火燎、千疮百孔的房子里拥有一整个翻修过的楼层,它就像一个虚幻的豪华岛屿,漂浮在这个仿佛刚刚结束了战乱的地方。这是她所见过的柏林最阴沉的地区。

彼得随后告诉她,她要做的,就是拿着新护照去外管局领一张居留许可申请表,回家填好这份申请之后,连同他给她的其他文件副本一起提交给外管局。不久,他们会邀请她参加所谓的安全性面谈①,可能还会有第二次。另外,不管发生什么,她都不能生出拜访卡茨夫妇的念头,那样只会给老人家带来不必要的惊吓。如果她有任何疑问或者遇到任何困难,都可以给他打电话,如果一切顺利,那就在收到外管局的结果后联系他。彼得给了她自己的电话号码,站起身来,向她眨了眨眼以示鼓励,然后就拖着僵硬的右腿朝门口走去。

娜斯佳意识到她给自己招来了一个没完没了的麻

---

①针对安全性问题的入籍面试,用来确认申请人没有任何可能妨碍入籍的安全隐患或犯罪记录。——译者注

烦。她要怎么跑到德国外管局对着那里的官员撒谎呢？她连用这门语言描述最简单的事实都不会，更不用说编造精巧的谎言了。尽管她现在已经掌握了一个家政女工的最基本词汇，与雇主沟通是足够了，但除此之外她仍旧是什么都说不出，几乎和她姐姐一样口不能言。塔尼娅已经在德国待了七年了，可她能说的始终只有"你好""谢谢""请"。不过即使是用俄语，娜斯佳也从未掌握过撒谎的技巧，她觉得根本没有必要尝试，她控制不了自己的表情，她的脸和眼睛只会在第一时间出卖她。

她第一次意识到，如果罗曼没有在很久以前改过护照上的一行小字，那么不仅她的生活，还有维卡的生活，都会完全不同。当初，数不清的苏联公民为了去西边，想尽办法证明自己有犹太血统，罗曼却反其道而行之。他从来没有考虑过移民，他认为自己的归属就在乌克兰，但有着犹太血统的他不太可能得到什么好机会。虽然在官方层面上苏联并不存在反犹主义，但实际上却是另外一回事。犹太人常常受到不公正的对待，工作上也得不到同等的机会，而且他们时常觉察到的潜在敌意也随时可能会升级为公开的侵犯，然后发展成不断发生的遍目所及的或大或小的迫害。罗曼与犹太教本来就没有任何瓜葛，他和他的父母一样都是无神论者，所以换护照的时候，他用一小笔贿赂说服了办事员，让他相信护照上的"犹太人"（Jude）字眼只是巴赫奇萨赖民政局犯的一个错误，卡拉派成员从来也不算犹太人，这有据可查并且广为人知。这位基辅办事员恰好也来自克里米亚，对罗曼抱有几分同情心，再说他那天心情确实不坏，他那微薄的工资也需要靠这些小小的补贴略作改善，所以他满足了这位老乡的要求，划去了那个招致灾祸的词，把它替换成了"乌克兰人"（Ukrainer）。

当时没人会想到，这样的一次小改动会在遥远的未来对别人的命运造成多么大的影响。如果罗曼仍然是"犹太人"，他的女儿可能就不会在荷兰过着朝不保夕、见不得光的日子，而是会以犹太人的身份合法地移居德国，就像塔尼娅的儿子们那样。而她，娜斯佳，也会和她的姐姐一样，行使家庭团聚的权利，合法地跟随女儿前往德国。可现在，她不得不把自己变成犹太人，就因为罗曼在三十年前让人把自己从犹太人变成了乌克兰人——他神不知鬼不觉地完成了身份的转变，之后也再没人提起这件事，他的犹太血统逐渐被人遗忘，连维卡都不清楚自己有一个犹太父亲了。

娜斯佳上班的路上总会看到一个德国警察，他守在一座犹太教会堂的门口，腰带上别着武器。现在这个形象时不时就会在她脑海中浮现。她看到他日日夜夜、风雨无阻地在那里站了一百年、一千年，一个受了诅咒不得不背负着德国的罪责罚站到天长地久的哨兵。在川流不息的行人里，她根本就不会引起他的注意，但现在每当她从他身边经过，想到自己双肩包夹层里放着的那本新护照，她就感觉他愤怒的目光落在了自己身上，仿佛他已经知道，让他站在这儿的人里还有她这个冒牌货。

我们的长谈还在继续，娜斯佳的遭遇到这里还没有结束。她从外管局取回了居留许可申请表，在精通德语的外甥媳妇塔玛拉的帮助下完成了表格，然后连同其他所需文件一起提交了上去。接下来就是等待面谈通知了。后来得知整场面谈都会有口译人员在场的时候，她一下子如释重负。她开始一遍遍地想象谈话的情景，反复揣测可能会被问到的问题，尤其是她那对假冒的父母。她只知道他们这一生很可能漫长而动荡，出生证明上显示巴鲁克·卡茨已经八十岁了，他的妻子七十六岁，这么大年纪还愿意冒这样的风险,说明他们可能迫切需要钱。娜斯佳在脑海中不断拼凑着卡茨夫妇的生活碎片,为他们编造人生履历,这样她在接受询问的时候就不至于当场胡编乱造。不管是清洗亚克力浴缸、熨烫床单、乘坐地铁,还是和姐姐一起看电视里的俄罗斯电影,她都在不间断地接受着虚拟的盘问,她脑海中的德国官员正在用她列出的一个个问题考验她。这样的面谈到底会问些什么,其实她毫无头绪,她只觉得,到时候她就会变成显微镜下的一只小爬虫,无论她说什么,她都会在当局的眼皮底下暴露无遗。

但最终整个过程无惊无险。那个俄罗斯口译员连眼皮都没抬一下就把她的谎言全都翻译成了德语。这位同胞的在场让她感到非常尴尬,因为他显然看穿了她的把戏,但与此同时,这又是她在这个无比陌生的德国机构里唯一可以抓住的一角,她所熟悉的那个世界伸出的一角。对面坐着的官员似乎对她护照的真实性没有任何怀疑。在被问到自己的人生经历和父母的情况时,她不假思索就把答案脱口而出了。她轻车熟路地把罗曼犹太父母的情况嫁接到自己的新父母身上,有了这个策略,她就能够应付各种问题,基本上不会出什么错。至于卡茨夫妇是何时、为何、如何来到德国的，她确实不了解，但也根本没人提起，这位官员只是想知道她的父母是怎么在德国占领者对乌克兰犹太人发起的种族灭绝中幸存下来的，而她洋洋洒洒的叙述使得这位官员最终挥手示意她离开，显然他并不想打听得那么详细。彼得的建议是对的，在讲述中掺杂一些对于大屠杀的控诉，就不会有人再怀疑她的犹太血统了。她克服了自己的天性，编造出的谎言不仅没有破绽、有些地方还颇为精彩，简直可以媲美职业演员了。她从没想过自己能做到这一点。

然而，她仍旧没有获得永久居留许可。就在彼得为她伪造的居留许可到期前不久，她又一次收到了外管局的传唤，然后就拿到了一张"假定凭证"，所谓的白条。这份名字奇怪的文件可以看成是居留许可的延期，也就是说她可以在德国待到自己的案件得到处理为止。又过了两个月，娜斯佳终于获得了两年的居留权。这已经大大超出她在当时可以想象的长度了。她手里拿着那张神奇的纸，走出外管局的大楼来到了大街上，第一次不再感到草木皆兵——此时离那个被耽误的离境日期已经过去了三年。之前彼得给她的假护照和假签证并不能让她完全摆脱恐惧，那张令人困惑的"假定凭证"也没法让她彻底放下心来，它是由德国外管局签发的不假，但这个名称总让她联想到一些虚假的、欺骗性的东西。但现在，直到现在，她才终于得到了货真价实、无可争议的许可，她终于真正被允许站在这条大街上。眼前的道路突然属于她了，她可以去任何她想去的地方。在回家的地铁上，她最担心的查票突然变得令人期待，她甚至希望检票员要求她出示证件，这样她就可以向他展示自己刚刚拿到的居留许可。她感觉这个世界重新接纳了自己，她再次成为人群中的一员。

当然，申请社会救济金是又一个漫长而折磨人的过程。每一次传唤都伴随着无穷无尽的等待。狭窄闷热的走廊里站满了没座位可坐的人们，他们绝大多数一言不发，偶尔有几个会突然失去控制大发脾气，开始尖叫或者大哭。这里没有人为娜斯佳翻译了，她总是陷入无言以对的尴尬境地。她跑了一次又一次，带来的文件总是有这样那样的错误。她感觉自己面对的不是活人，而是在与不可预测、反复无常的计算机打交道。计算机前的办公人员似乎什么也不干，只会把那些不断变化的机器指令传递给申请人。

申请最终还是通过了。在外甥媳妇塔玛拉的帮助下，娜斯佳开设了一个银行账户。过去在乌克兰，能开户就是件值得感激涕零的事了，如今大家宁愿放弃这份恩惠，因为存进新银行的钱搞不好就会像进了黑洞一样消失不见。与之相比，德国的银行简直是世界上最安全最友好的地方了。那里的人们恭候着她，只为给她开设一个转账账户，还带着亲切的微笑送给她五马克的起始存款。

不过在很长一段时间里，她的账户里也只有这五马克的余额。她向社会福利局提交的申请获得批准后，福利局每月会向这个账户转五百二十马克。这些钱全部被她取出，转手就交给了彼得。他从不出现在她姐姐的公寓，也不希望娜斯佳去找他。她不知道他住在哪里，甚至都不清楚他在柏林是否有居所。她只是靠手机号码联系他，和他约在一条僻静的小街上见面。他每次都坐在一辆银色的大汽车里等她，也不下车，只是摇下车窗，把手伸出窗外从娜斯佳手里接过福利局发放的救济金。然后他向她道谢，祝她好运，便踩下油门绝尘而去。娜斯佳就又给自己买了一个月的自由。

她还告诉我，她现在同时干着好几份清洁工作，每天忙碌超过十个小时，周六也不例外，有时候连周日都不休息。她仿佛有着使不完的劲儿，很少显出疲惫的样子。和基辅的日子比起来，她觉得眼下的生活已经近乎奢侈了。干完十个小时的活，她还剩十四个小时可以做任何自己想做的事情，这在基辅是从来也没有过的。她可以一连看几个小时的书，可以和姐姐一起玩纸牌，或者干脆在外面闲逛。她的一日三餐都由整日无所事事的塔尼娅包办，有时候她也会自己跑到街上去买一份土耳其烤肉卷饼，总之她再也不用站在各种队伍里排队购买最基本的食物了，也不会在运气最差的时候连一顿晚饭也凑不成。

凭现在的收入，娜斯佳每月可以寄回基辅一千多马克，但这操作起来并不是件容易的事。罗曼没有银行账户，因为娜斯佳无论如何也不会把钱交给一家乌克兰银行来保管，但她又不想为德国私人汇款服务支付高得离谱的手续费，所以她只得去找一个"okasija"，也就是一个恰好要去基辅、顺便可以把这笔钱带给罗曼的人。早在苏联时期，人们就常常拜托一个"okasija"而不是通过邮局和银行来捎钱物。他们相信，如果不把包裹直接交到收件人手里，那么它就很有可能在半路上被人拆开掏空，哪怕里面的东西对别人来说毫无价值。过去信件是会被拆开检查的,尤其是来自意识形态敌对国家的信件,如今它们不会被拆了,但很有可能在普遍的混乱状态中遭殃,比如一个因为没有领到薪水而灰心丧气借酒浇愁的邮递员或许就会把整袋有待递送的物件一股脑儿全扔进垃圾桶。所以,人们和过去一样依赖私人关系网,出远门的人常常会为亲戚、朋友甚至陌生人充当捎件人。

娜斯佳每次想往基辅寄钱都必须寻找这样的捎件人。虽说她自己与柏林的乌克兰人-俄罗斯人圈子并没有什么联系,但她的两个外甥和他们的妻子却交际甚广。一旦寻找捎件人的消息传开,要不了多久就会有正打算回乡的人自告奋勇。你还可以在火车出发前直接跑去利希滕贝格车站,找一个看上去值得信赖的人帮忙。一般来说,即使是陌生人也不会拒绝这样的请求,毕竟谁都有可能成为下一个需要帮助捎钱的人。不过,娜斯佳定期要捎回去的钱,在乌克兰人眼里称得上是一笔巨款了,所以她不敢贸然求助于一个全然陌生的人。她得等待这些圈子里身份公开的人主动认领这个任务。幸好,她每次都能如愿以偿。

罗曼的第二任妻子柳芭曾是一家日报社的编辑,原本就收入微薄的她如今也没法按时领到工资了。为了感谢她对斯拉瓦的照顾，娜斯佳付出的回报也相当慷慨，罗曼他们的三口之家不仅不用再担心一日三餐，偶尔还能在新开的昂贵进口商店里消费几趟，那里有酸奶、法国奶酪、冷冻比萨和许多他们以前从未尝过的东西。罗曼还给自己和斯拉瓦添了新衣服，然后分出一部分钱给了其他穷困或是被病痛折磨的朋友。娜斯佳成了他们所有人的依靠。

现在，握有居留许可的她经常在城里长距离地散步，即使已经工作了十个小时仍然步履轻快。她不停地走，时不时地检查一下自己的背包，看看那页使她的这种漫游变得合法的神奇纸张还在不在。她终于摆脱了那种东躲西藏的状态，可以开始留意这个自己已经久居其中的环境了。

城市里弥漫着躁动的气氛，人们还在庆祝墙的倒塌。娜斯佳最喜欢逛的是普伦茨劳贝格区，来自基辅的她在这里看到了完全陌生的场景和人群。人们在大街上尽情舞蹈，在街头表演口吞火焰的杂技，这边有狂野的东欧街头乐队在演奏，那边走过一个穿着短裤的男人，右腿上文着自由女神像，左腿文着埃菲尔铁塔，一个年轻女人留着草绿色的长发,另一个脚蹬系带高筒靴,头上扎着打结的干草般的粗辫子。那些老化的房子看起来就像干透了的蛋糕,似乎一碰就会碎掉,墙上却刷满了图画和文字,还有些仿佛外星人留下的难以辨认的痕迹。许多房屋门前的脚手架都被住户们改造成了阳台,他们从窗户爬出去,直接坐在脚手架木板上,有的人甚至把椅子和沙发吊到了上面。手提电钻的刺耳噪音随处可闻,它们显然正在把这个地方彻底变成一个娜斯佳无法想象的新世界。

在乌克兰的时候,她始终相信别处一定有一个更好的世界,她现在才后知后觉地意识到,当时抱有这样的想法真是一种莫大的慰藉。如今,她来到了更好的世界,这种慰藉却消失了。地平线的后面没有应许,没有寄托她希望的地方,也没有她梦想中的乐土。

不过眼前的景象还是令她欣喜不已。她总是讶异于街上有这么多的孩子。他们被妈妈们——也有一些爸爸——用彩色的布条绑在身上,或者坐在婴儿车里,坐在自行车架上的儿童专用座椅里,坐在自行车拖行的小车厢里。大一些的孩子满地乱跑,他们把木头转轮踩得呼呼生风,或者追着一只四处游荡的狗和它一起玩耍。

这样的狗到处都是,没有人害怕它们。这些在乌克兰是不可想象的。乌克兰人提心吊胆地守护着自己的孩子,不间断地看管着他们,不让他们吹到一丝风,不让他们跌倒,不让他们做任何不被允许的事情。到了外面,母亲们更是紧紧地握着他们的手,一刻也不放松。平时的街景中根本就看不见孩子的身影,因为日常出行中没有什么人会带上孩子,基辅的街道上几乎没有人闲逛,因为街道只通往诸如地铁、商店之类的特定目的地。而这里,大街上满是只为消遣的人,他们闲逛,聊天,穿着随意,甚至显得不修边幅,他们坐在路边的咖啡馆里,在小块的绿地或者家门口的椅子上享受日光浴,还有很多人捧着书本。这里的每个人都会对别人微笑,就好像彼此熟识并且共享着某个秘密。楼房底层的窗口出售啤酒、夹馅面包和蛋糕,街边小店的橱窗往往被脚手架挡住,里面陈列着娜斯佳从未见过的各种水果蔬菜和她叫不出名字的新鲜香草,红脸蛋一般完美无瑕的苹果闪闪发光,就像上过了清漆。

娜斯佳常常觉得,穿过一条马路就好像完全进入了另一个世界。走在柏林的街头就像游走在不同的国家之间,这些国家的唯一共同点就是,它们使用的是她没有掌握的语言。满眼的拉丁字母，她现在差不多都可以流利地读出来，但完全不知道它们的含义。她仿佛成了文盲，过着令人羞耻的生活，德语仍然毫不留情地顽固地对她板着脸，就好像它不认可她，拒绝被她放进自己的口腔。而对娜斯佳来说，对德语敞开心怀，仿佛意味着一种背叛，背叛她出生的那个世界，无论那个世界多么贫穷多么荒凉，那里永远都是她的世界。

有时，她会碰巧在广场上或者地下通道里遇到拉小提琴或者拉手风琴的乌克兰街头音乐家，他们的曲目通常都是她熟悉的乌克兰民间音乐。一个常坐在国会大厦台阶上演奏手风琴的乌克兰人告诉她，他每年都会走一条经过波兰的非法路线来德国几次，白天在街头演奏，晚上在一家俄罗斯餐馆的后室里过夜，待满一个月就坐车回到他的乌克兰村庄与家人团聚，口袋里揣着在柏林赚的钱。这些钱可以维持一家生活上三四个月，然后他就会再次踏上那条非法的道路前往柏林。

与同乡的简短交谈又加剧了几乎已经成为她生活基调的思乡之情。她已经很久没有见过斯拉瓦了，那个瘦弱、苍白、缺了两颗门牙的男孩，那个长大后想做魔术师的男孩，他总是勇敢地反复强调自己不饿，总想把仅有的食物留给外婆。她还想念她的女朋友们，想念总是戴各种滑稽帽子的施利亚普卡，想念有着古铜色鬈发和莫名其妙的口吃的索内奇卡，想念细声细气有些老派的伦卡，她看起来像十九个世纪的家庭教师，但突然之间就会说出些让大家捧腹大笑的话。另外，她已经好几个月没有收到女儿维卡的任何消息了。

有一次她甚至不由自主地从威丁区走到了米特区，找到了她所谓犹太父母的地址。在一排门铃里她真的发现了卡茨这个姓。彼得编造的故事看来是有事实基础的，确实有巴鲁克·卡茨和罗莎·卡茨这两个人。他们不会想到，一个护照上印着他们姓氏的女人此刻正站在自家楼下。从门牌排列的顺序来看，卡茨夫妇住在二楼左边的房间。那是一栋半塌的房子，剥落的灰泥下露出了被腐蚀了的发黑的里子，二楼左边的三扇窗户完全被灰尘蒙住了，看不见里面的情形，只有一株无精打采的植物把最后一片暗淡的叶子压在了无光的玻璃上。娜斯佳绕到了街道的另一边，正当她抬着头仔细研究窗户后面到底有没有住着一对卡茨夫妇时，前门突然打开了，一个提着购物袋的老妇人走了出来。娜斯佳觉得这个穿着花裙子、描着粗眉毛、趿拉着旧鞋踩在柏油路面上的老妇人很像乌克兰人。她感觉自己的心都要跳出来了。那就是她吗？那个被她盗用了姓氏的女人？她似乎就要转过头来，看向她，认出她……娜斯佳像被钉住一般站在原地动弹不得，然后猛然回过神来，落荒而逃。

之后的某天清晨，她姐姐家的门铃响了。这一次不再是幻觉，不再是由恐惧催生的幻象，真的有人按响了门铃。她在乌克兰担心了几乎半辈子的事，如今在柏林成为现实，经典的一幕出现了：门铃在晨光中响了起来，门外站着警察。只不过警察身上穿的不是乌克兰制服，而是德国制服。很快，整个公寓被翻了个底朝天，每个壁橱的门都被拉开，每个抽屉都被倒空，她的背包也被里里外外地查了一遍。娜斯佳的护照和居留证都被没收了，她本人也必须立刻穿好衣服，跟着他们去警察分局走一趟。

没猜错的话，彼得已经暴露了。他不是一个人单干，而是属于某个干伪造护照和贩卖人口勾当的团伙，他们帮助娜斯佳这样的人获得居留许可，并将东欧妇女偷运到德国卖淫。眼下团伙成员全部落网，而娜斯佳并没有被指控为罪犯。她被认定为受害者，只是需要承担在德非法居留的责任。她惊讶地发现他们并没有逮捕她，而是放她回了家,但她必须在三天内离开德国,否则将被强制驱逐出境。现在,她收拾好了行李,买好了去基辅的车票。

娜斯佳把这一切告诉我的时候,我还来得及做出决定,与她告别,永不相见,远离这个从一开始就注定会把我卷入的故事。我本不应该去干涉事情的走向,但我母亲的形象又一次浮现在我的眼前,就像之前的很多次一样。我那不受德国人欢迎、始终面临驱逐威胁的母亲,与娜斯佳的形象重叠在了一起。面对母亲,我无能为力,那个时候我只是个孩子,但现在,我至少可以尝试为娜斯佳做点什么。

我给一个熟人打了电话,从她那里得知,她与一位精通外国人法的热心肠女律师相识。我联系了那位女律师,她告诉我,当事人有权对驱逐出境的判决提出申诉并申请暂缓离境,这样他就可以先留在德国,直到自己的申诉得到裁决。由于德国所有部门都在超负荷运转,整个过程至少需要三个月,甚至更长时间。虽然可以预见,申诉大多会被驳回,但是当事人仍然可以继续提出申诉,如果再被驳回,他还能穷尽法律程序,一直走到终审，最终就算无法改变驱逐出境的判决，在那之前他也能争取到足够的时间来考虑一些事情。

第二天，娜斯佳就坐车去了位于克罗伊茨贝格的律师办公室。在那里她花了五十马克服务费，得到了一份盖了章的申诉状副本。在收到官方答复之前，这张纸就形同一份居留许可。娜斯佳感到难以置信。她的这番举措，如果发生在她的家乡，尤其苏联时代，她会被送到一个异常寒冷的遥远地方，每天在伐木场做苦役，时刻挣扎在生死的交界线上。而这里的德国警察轻易就放走了她，这里的律师仿佛简单地打了个响指，就暂时撤销了一个官方决定。娜斯佳感觉自己手里仿佛又握着一份类似"假定证明"的东西，一份不完全真实的文件，尽管她犯了法，这份文件却能奇迹般地让她在德国多停留几个月。

后来，她从过去的担保人阿尔乔姆那里得知，她在柏林有十五个兄弟姐妹。彼得是卡茨夫妇的亲戚，他搞到了两位老人的个人文件，前前后后总共给他们送来了十六个孩子，来自俄罗斯和乌克兰的儿子女儿们，全都拿着假护照，护照上都姓卡茨，眼下还住在柏林，或者曾住柏林。这对没有孩子的老夫妇据说对此毫不知情，事情败露才惊讶地发现自己在这么大年纪突然儿女成群。但阿尔乔姆怀疑,这两位老人其实也参与了彼得的买卖,而且也从众多儿女每月上交的社会救济金里分到了一部分。头脑灵活的二手车经销商阿尔乔姆笑嘻嘻地这么对娜斯佳讲了一番。能把这个巧妙的诡计分享给别人,显然让他十分享受。至于现在正蹲监狱的彼得和他的同伙到底是怎么在德国诸多政府部门面前如此大规模弄虚作假的,他也没能说清,这仍然是一个秘密。

我苦思冥想,反复咀嚼女律师所说的"争取到时间来考虑一些事情"到底是什么意思。如果我猜得没错,她是在暗示,我们总能找到避免被驱逐出境的方法。而我能想到的,只有最缺乏新意的一种:娜斯佳需要和一个德国男人结婚。不过我还没有详细问过她,她有什么打算,是否仍想在延长期结束后继续留在这里。也许她只是想利用额外的时间尽可能再多赚些钱,然后返回乌克兰。也许驱逐出境只是朝着她已经决定了的方向推了她一把呢?

但回国这个选项基本不在她的考虑范围。她的公寓里正住着罗曼和他的第二任妻子柳芭,他们一直在全心全意地照顾那个孩子。如果娜斯佳回去,就只能和这个新建立的小家庭生活在一起，成为自己公寓里的一个借住者，成为依赖罗曼生活的寄生虫。乌克兰的总体局势也没有改善。基辅街头的乞丐和无家可归的儿童与日俱增，大部分人挣扎在生活的贫困线上，越来越多肥沃的乌克兰黑土地被外国投资者收购，因为乌克兰人不具备在那些闲置的田野上耕种的条件。基辅的购买力是所有欧洲城市中最低的，远远落后于欧洲其他大城市。

当我向娜斯佳提出这个想法的时候，她笑了。哪个德国男人会想要娶一个像她这样的人呢，一个一无所有，甚至无法用他的母语交谈的乌克兰中年家政女工？她说得当然不无道理。对于一个打算在东欧婚姻市场上碰运气的德国男人来说，她不可能是他的"梦中情人"。这样的男人对自己手里的资本再清楚不过了，他能提供她们梦寐以求的德国身份，作为回报，他自然想要一个尽可能年轻漂亮的女人。不过娜斯佳在外貌上仍然相当有吸引力，尽管她不再年轻，但她的身材仍然堪称完美，很容易让人误认为她只有四十岁或者更年轻。但我可以预见，在她和那些追逐东欧年轻女性的德国男人之间，多半会隔着受教育程度上的鸿沟，后者大概率是头脑空空的人，这让我感觉有些别扭。还有一点我也很清楚，娜斯佳是不可能在一个德国人的客厅里感到自在的，她生来就不适合这种地方。但除了结婚这条路，我实在想不出还有什么办法可以帮她获得居留许可。

娜斯佳考虑了几天，就来找我了，我们一起拟定了一条征婚启事。显然，"乌克兰女人"这个词就已经明白无误地透露，征婚事关德国居留权，其余都只是些装饰性的文字而已。我有些忐忑地把广告刊登在了《二手报》上，就是那个让我和娜斯佳相遇的报纸。以她现在的身份是不可能在德国登记结婚的，她必须回到基辅获取必要的结婚证件，也就是说，我们需要一个愿意在短时间里拿上自己的结婚文件和娜斯佳前往基辅，到她居住地的民政局与她登记结婚的男人，这样她就可以作为他的妻子返回德国。

出乎我们意料的是，这样的男人很快就出现了：一个名叫阿希姆的五十八岁起重机操作员，转眼就爱上了她。而她也爱上了他那辆红色的哈雷摩托。第二次见面，他就载着她直奔施普雷河森林兜风去了。突然间娜斯佳重返二十岁，仿佛又回到了坐在罗曼身后朝着克里米亚风驰电掣的日子。阿希姆向她许诺，要载她去巴黎、去罗马、去地中海，去任何她想去的地方。突然间，世界又向她敞开了大门。

娜斯佳后来给我看了他们的结婚照，照片上的她穿着白色蕾丝上衣和黑色紧身裙，脸上带着笑，泛红的发丝被风吹起，那仿佛已经是未来的摩托车之旅中迎面吹来的风。她一只手捧着红色的康乃馨，另一只手紧紧地贴着裙缝，不愧是昔日的少先队员。她的身旁就站着那个德国男人——她刚刚成为他的妻子，却几乎对他一无所知。这个搂着她肩膀的瘦弱的小个子男人，穿着一件镶嵌着银色铆钉的皮上衣，衣服上的链条令人费解地固定在裤腰带上，使得他的整个身子看起来就像是焊接在了一起，这大概显示了一种很有原创性的摇滚范儿。巨大的太阳镜和一蓬非洲黑人烫式样的鬈发几乎让他的脸消失了。整个人一眼看去只剩头发、皮革和金属，矮小的个子甚至都可以忽略不计了。照片的背景是无名烈士墓，基辅的新婚夫妇都会在那里拍照留念，之后新娘会把婚礼花束摆在墓前。

她和阿希姆在基辅待了整整一个月，一桩涉及外国人的婚姻显然不可能指望在短时间内办完手续，哪怕走的是最常规的渠道再辅以额外的打点。基辅的酒店价格高昂，娜斯佳没有别的选择，只能带着阿希姆去了自己的旧公寓，与斯拉瓦、罗曼和当时已经身患癌症的柳芭同住，直到办完结婚手续。两个小房间里挤进了五个人，这样的组合即使对于乌克兰人来说也不常见，更何况其中还有一位来自西方的客人。当然，阿希姆不会说俄语，也无意与这一屋檐下的其他人建立什么联系，他可能根本不明白罗曼、柳芭和小斯拉瓦到底是什么人。他对东欧的一切有着近乎恐惧的厌恶，那他怎么会突发奇想娶一个乌克兰女人呢？始终让人猜不透。身为柏林本地人的他竟然从来没有踏上过前东柏林区域，如果去某个地方必须穿越东部，他甚至会开车绕上一大段远路，他给出的理由是，那些地方太脏了。而现在，他不得不在基辅一栋破旧的板式装配楼里住上四个星期。堵塞了的垃圾槽让整个楼道臭气熏天，叮当作响的旧电梯里弥漫着尿骚味。薄墙后面的床上躺着整日呻吟的柳芭。娜斯佳为她煮胡萝卜泥，用西伯利亚草药泡茶为她缓解疼痛。罗曼经常在外奔波一整天寻找柳芭急需的血浆，但只有运气好的时候才能在市里的某家医院高价购得。

娜斯佳终于又可以把自己的外孙抱在怀里了。他长高了，也变得不苟言笑了，身上再也找不见一丝孩子气。

他身边的人一个接着一个地弃他而去，先是父亲，接着是母亲，然后是外祖母，现在他又看着那个代替母亲抚养他的女人一天天走向死亡。他知道他的外祖母很快就会再次离开，跟着那个凶巴巴、不说话、套着一层黑皮、整日坐在阳台上抽烟的男人一起。他爱她们两个，娜斯佳外婆和柳芭妈妈，他知道她们也爱他，可尽管如此她们仍然不能和他在一起。对于同样无法陪伴在自己身边的亲生母亲，他只剩下模糊的记忆，而对于自己的父亲他根本就没有任何印象。

手续完成后，阿希姆立刻返回了柏林，娜斯佳则再次前往德国驻基辅大使馆申请签证。她现在是德国人的妻子了，她觉得他们没有任何理由拒绝她，但这一次，她高估了德国政府的慷慨。她发现自己被禁止入境三个月，看来这桩婚姻并不能保证她获得德国的居留许可。据说她一旦再次进入德国法域，就会因身份造假而遭到起诉。在判决结果下达之后，她才可以申请有效期更长的居留许可，第一次只能延一年，之后是两年，前提是他们的婚姻关系仍然存在并且娜斯佳一直遵纪守法。

娜斯佳又给我打来了电话，第二次跟我道别。这段婚姻没有给她带来任何用处，她绝不想回德国接受审判，更不想陷入牢狱之灾。要怎么在基辅生活,她还完全没有头绪,但至少她可以继续陪伴在斯拉瓦身边,可以为他们操持家务,帮忙照顾柳芭,为罗曼减轻负担。她感谢我为她所做的一切,又为给我添了那么多麻烦表示歉意,也希望我有一天能去基辅看望她。她说,如果我遇到了什么难事,她一定会倾力相助。她甚至向我保证,到时候我可以去投奔她,虽然她那儿也不宽敞,但永远会为我留着位置。

我又给那位专攻外国人法的女律师打了电话。这次她告诉我,不管发生什么,娜斯佳都不可能坐牢。她只需等过三个月的限制期,就可以申请签证然后安心返回德国。她顶多面临并不高昂的罚款,而且还可以分期支付。只要她入境,就一定可以作为德国人的妻子获得居留许可,哪怕最初只有一年,六年之后她还是可以申请永久居留许可。

女律师说得没错。几个月后,娜斯佳就以阿希姆妻子的身份搬到了柏林。不过她的新生活看起来也不是一帆风顺。就在她滞留基辅等待签证的时候,阿希姆失去了起重机操作员的工作,也就承担不起夏洛滕堡三居室公寓的高昂租金了，至少他是这么告诉她的。他把她从泰格尔机场直接带到了新克尔恩区的布里茨，他在那里一个未完工的新建住宅区里租了一套小两居室。他摆在夏洛滕堡家里的时髦家具也不翼而飞。对此娜斯佳倒没有感到多么惋惜，只是觉得出乎意料罢了，但柏林郊区的荒凉却着实令她难以接受。在这个靠近勃兰登堡田野和森林的地方，扑面而来的忧郁似曾相识，她一下子就被拽回了童年的那片乡野哀愁之中。她真想一走了之，立刻回到威丁区姐姐家的沙发上去。

失去工作并不是阿希姆在她缺席期间遭遇的唯一不幸。他告诉她，几年前他在西班牙度假的时候差点淹死在海里，是另一个德国游客发现了身处险境的他，在最后一刻把他从水里拉了出来。前不久，这个人曾来向他寻求帮助，说自己刚刚娶了一个年轻女人，打算贷款建造自己的房子，希望阿希姆能在银行为他做担保。阿希姆无法拒绝救命恩人的请求，便签了担保合同。但当他从基辅办完婚礼返回德国，却惊闻他的这个朋友已经结束了自己的生命，而他的遗孀也无力支付每个月的贷款，这个责任就落到了他这个担保人头上。他对娜斯佳说，扣除掉房租和他现在每月必须向银行转账的贷款后，他的失业救济金就所剩无几了,所以她得暂时助他一臂之力,用不了多久,他就会重新找到一份起重机操作员的工作,赚很多钱,到时候她就可以待在家里,不用再去做家政女工了,他们也能搬回城里,住进漂亮的大公寓;他还会兑现承诺,带着她到处旅行……

偿还债务对于娜斯佳来说事关名誉,既然她嫁给了阿希姆,那么维护他的名誉也就是在维护自己的名誉。她不能对自己的丈夫置之不理,夫妻双方必须齐心协力渡过难关。好在她之前在柏林的老主顾几乎又都重新找到了她,所有人都为她的回归而感到高兴,她又有了很多工作,收入也和以前一样可观。按照她的观念,债务总应该尽快还清,所以从那时起,她往基辅寄的钱就越来越少了,她把收入的大头留给了失业的丈夫,好让他早日为已故的朋友还清贷款。

以前,住在威丁区的娜斯佳在上班路上用不了多少时间,但现在她必须长途跋涉才能到达工作地点。她每天要在路上花费将近三个小时,挤进人满为患的火车站,穿过冷风飕飕的地下通道,换乘各种公共交通工具。晚上下了公交车,她还得在无人的黑暗道路上步行十分钟。那条路一直伸向田野,冬日的刺骨寒风迎面吹来,背着双肩包的娜斯佳只能把手插在棉袄口袋里，帽子拉得很低，围巾几乎把整张脸都包了起来，只露出一双眼睛。她一路连走带跑，紧紧盯着路边大楼里亮着灯的窗户，直到看见灰色防水油布下停着阿希姆的哈雷摩托，她知道，到家了。娜斯佳不在的时候，这辆哈雷摩托也遭遇了不幸：因为发动机受损它已经上不了路，但阿希姆却没有钱修理它。

除了摩托车，他还有一辆同样火红色的老式奔驰。在他的世界里，这辆车简直就是宇宙的中心。他用各种各样的幸运符打扮散热器格栅，马蹄铁、四叶草、金属瓢虫、幸运芬尼，还有一个万字符。他每天至少到大街上检查一次他的车，试试发动机还能不能启动，挡风玻璃上的雨刷还能不能挥舞，指示灯还可不可以闪烁。他绕着汽车走来走去，仔细搜罗油漆上是否有划痕，看有没有居心叵测的路人对它搞过破坏，这可比划伤他自己的皮肤还要令人心痛。他对这辆车做了能做的一切，只有一件事除外：驾驶它。

唯一的例外是每周开着它去五公里外的超市购物，阿希姆会要求娜斯佳一同前往。她一生中很少坐轿车，奔驰她更是一次也没坐过，现在整个星期里的其他六天她都在为这项无法推卸的任务忧心忡忡。阿希姆经常与其他司机斗气,他把他们全都看作自己的敌人。他总是不停地按喇叭,大声叫骂,试图把其他汽车挤出车道,他不时地猛烈加速,又突然刹车,要不是安全带,娜斯佳早就被甩出挡风玻璃了。在他眼里,所有人的脑子都不好使,人人都是彻头彻尾的白痴,教他们如何行事是自己的责任。交通事故固然令人担心,阿希姆满腔不可理喻的仇恨更让她害怕。

有一次,她无意中在阿希姆汽车的手套箱里发现了成堆的色情杂志。她立刻合上了盖子,惊恐得仿佛一不小心闯入了丈夫的秘密世界,不自觉地让他陷入非常尴尬的境地。但他对此事的反应十分平淡,似乎毫不在意。反而是她,立即为自己的这种惊恐,进而为自己那落后的故乡感到羞愧——因为在乌克兰,藏着这样的小册子仍然是件见不得人的事,而对一个德国男人来说,这显然再正常不过了。

使她与罗曼的爱情生活渐渐失去生气的是基辅狭小的居住环境,而阿希姆让她着迷的地方,说实话,不仅仅是那辆哈雷摩托,还有他对女性身体的了解,乌克兰的男人普遍对此一无所知。阿希姆对性的开明态度和他汽车手套箱里的色情杂志,她在这两样东西之间建立起了一种不完全经得起推敲的联系,在她看来这似乎是一回事,可能都算德国男人和乌克兰男人之间文化差异的一部分。然而,与阿希姆一起度过的欢乐时光很快就对她失去了吸引力。她认识他的时间越长,就越觉得他陌生,进而越发排斥他。不过他从来没有强迫过她,从来没有简单粗暴地行使过他作为丈夫的权力,想到这点,她就不再计较他的其他种种了,因为这对于一个乌克兰男人来说并不是想当然的。

阿希姆和她交谈总是像对幼儿说话一样,要不就是把她当成外国人来对待。他使用的语法和句法都是最简单的,永远只有不定式和第一格,而且还是一口相当独特的柏林方言。这些都加大了娜斯佳德语学习的难度。不过即便她能流利地说德语,或者阿希姆精通俄语,他们两个人也不可能相谈甚欢。撇开了语言的障碍,只会更加突出一个事实:他们之间没有丝毫共同之处。阿希姆的世界里似乎只有他的奔驰、他的电脑和电视。他不是在电脑上鼓捣一些对他来说神秘至极要紧至极的东西,就是坐在沙发上看美国动作片。

而这些时候，娜斯佳通常就躺在卧室的床上看书。很早以前她就在国家图书馆注册过，她找到了许多德国文学的俄语译本。在那里她第一次读到了海因里希·海涅、赫尔曼·黑塞、西奥多·冯塔纳、马克斯·弗里施。这些名字阿希姆从来没有听说过，对他来说普希金也只是一个伏特加品牌。他嘲笑娜斯佳只知道看书，甚至还会读诗歌，他把她叫作"乌克兰木头脑袋"。在他眼里，只有脑子不正常、神经不健全的人才会那么做。

娜斯佳每天都在等待判决结果。长这么大她还从来没有和法庭打过任何交道。尽管律师反复向她保证，她不会面临任何严重的惩罚，但这一天天临近的逃不开的审判还是引发了她本能的恐惧，她仿佛麻痹了一般，在这种恐惧面前失去了所有行动能力。她驯服不了自己的想象力，只能由着它时刻在脑子里描绘着最坏的情况。她知道这是德国，不是苏联，但她的恐惧仍旧没有因此而减轻半分。面对国家，娜斯佳从根本上感觉自己问心有愧，这是与生俱来的，从这种原罪里生出的宗教性的恐惧是无法用建立在理性上的论据来对抗的。

后来，宣告判决的那一天终于来到了，她甚至不必出席法庭。听证会是在她不在场的情况下进行的，缺席判决的结果是：她有两个选择，在社会机构服务一个月，或者缴纳一千马克罚款。这个选择对她来说并不困难。如果她放弃一个月的清洁工作，她的损失显然会超过一千马克。于是她选择缴纳罚款。仅仅一个半月之后，她就拿到了自己申请的一年期居留许可。问题解决了。她在德国的新生活终于合法了，至少在接下来的这一年。

几个月过去了，在这座被看成欧洲最大建筑工地的城市里，阿希姆仍旧没有找到一个起重机操作员的岗位。他坐在他那台电脑前搜寻各种工作机会，写各种申请，但始终没有人打算雇用他。他的债务似乎也看不到头，他欠的钱非但没有减少，不知为何反而还在增加，娜斯佳感觉自己正在填补一个无底洞。此外阿希姆还病痛不断，有时背疼，有时腿脚不舒服，为了拿病假津贴，他三天两头跑诊所，让医生开病假条。

娜斯佳不用去工作的周末，她的姐姐塔尼娅常常会来看望她，有时也会带上她的儿子和那个当钢琴教师的儿媳妇塔玛拉。终于能够再次与来自同一个世界的人们齐聚一堂，用俄语交谈，暂时摆脱令人羞耻的语言困境了，每天被迫在外语的海洋里游泳的娜斯佳简直喜出望外,以至于完全忽视了一旁的阿希姆,忘记礼貌邀他加入他们热络的聊天。每当那个时候,他就会阴沉沉地坐在一边,一言不发,似乎成了自己公寓里的一个陌生人,一个被边缘化的人,一个被忽视的人,一个被嘲笑的对象。于是,在某个周末,当这些乌克兰亲戚再次在娜斯佳家里团聚的时候,阿希姆突然从椅子上跳了起来,满脸通红地大喊大叫。娜斯佳僵住了,她之前多次在他眼里看到的恨意似乎在这一刻彻底爆发,她心想,这一刻真的来了,他终于要对她动手了。但阿希姆只是把她做的一碗俄式土豆沙拉砸到了贴着壁纸的墙上,客人们吓得纷纷逃跑告辞。从那以后,他就不再允许亲戚们来探望娜斯佳了,当然,他们在这次意外事件之后也不会再登门了。阿希姆把他们叫作"乌克兰害虫",说再也不想在他的公寓里听到俄语"扯淡"。

阿希姆令人不安的敏感易怒源于极度脆弱的自尊心,娜斯佳不明白这一点,她无法想象这种情况会发生在一个德国男人身上。但就在那一天她终于看清了自己的处境,她发觉自己已经落入了他的掌控,她在德国的居留权和她与阿希姆的婚姻紧紧绑在一起,一旦他提出离婚,它就会立刻失效。想到这里,跟着亲戚一起逃离这间公寓的冲动，就烟消云散了。她成了他的囚犯，而且——现在她也隐约明白过来——为了留下来，她还得源源不断地给他打钱，就像她以前向彼得打钱一样。也许她用自己挣来的钱偿还的这笔债务根本就不存在，也许他根本就没在找工作，也许他从一开始的唯一目的就是，让她依赖他，然后利用她。

现在，她在晚上下班后也不直接回家了，而是越来越频繁地往威丁区的姐姐家跑。阿希姆既不问她为什么晚归，也不打听她周日出门是要去哪里。这倒是给了她意想不到的自由，她可以在任何时候随意来去。阿希姆根本就没指望顿顿吃她做的饭整天享受她的服务，这对娜斯佳来说也是一种全新的体验。在乌克兰，她那代妇女就是丈夫的女仆，她们的丈夫被年迈的母亲无缝转交到年轻的妻子手里，永远享受着无微不至的照顾。与同时代的乌克兰男人相比，连衬衫都会熨烫的阿希姆简直是白象一样的珍稀动物了。而且，他和乌克兰男人明显不同：他不酗酒。娜斯佳当年能遇到罗曼已是十分幸运了，他只是偶尔会喝过头，而她认识的大多数乌克兰女人都吃足了酒鬼男人的苦头。酗酒的男人就是乌克兰女人的灾难。在与阿希姆的婚姻里她好歹躲过了这一劫，他只是想要她的钱而已,仅凭这点她基本上就该心怀感激了。用这些钱,她不仅买到了留下来的权利,还免除了自己作为妻子的所有义务。

和姐姐塔尼娅在一起的时候,娜斯佳经常感到百无聊赖,她们能做的就是一起看电视或者玩纸牌。从外表上看,两姐妹截然相反:塔尼娅沉稳、冷淡,很难有什么事情能打破她的平静,而娜斯佳冲动、热络,常常为这为那而情绪激动。尽管塔尼娅已经在德国生活了很长时间,但这个国家对她来说似乎根本不存在。她就像是在一艘潜艇里过日子,偶尔才会短暂地浮出水面,连潜望镜都还没来得及伸上来,就又消失在了海底。她走出家门,不是为了探望住在城市另一头的儿子,就是去奥乐齐超市买一些她大约在乌克兰也买过的食品。她家门口那条街的另一边就是东柏林,但她从来视而不见,对她来说,即便柏林墙已经倒塌,那儿仍旧是苏联的延伸。可她不知道的是,现在的米特区到处矗立着施工机械,新造的楼比哪个地方都多,往日的东边氛围几乎不复存在。与好奇的娜斯佳相反,她大部分时间都坐在家里,玩俄语填字游戏,在电视机前消磨时间,或是翻看几本她已经读过无数遍的俄语书。她小小的藏书和镶了框的家庭老照片一起，摆在一个架子上。她似乎根本接收不到德语，或者说德语在她听来就是来自外太空的渺远呢喃。

这不是她第一次来德国。在他们这一代人中，很少有人能在年轻时逃过"二战"期间被送往德国的命运。那个时候娜斯佳还是个小孩子，但十六岁的塔尼娅就和无数乌克兰青少年一样，被送往希特勒帝国参与强制劳动，我的父母也在其中。她先是在图林根州的一个农场里劳作，不得不和猪在一个食槽里抢食。之后，她又被送去当时德国领土上三万五千个强迫劳动营中的一个，为军工厂做手榴弹，每天劳动十二个小时。三年后她被送回了家乡，严重营养不良，身体被彻底摧垮，成为战后不再被需要的数百万奴隶劳工中的一个，还被身边的苏联人视为敌人的走狗和德国人的妓女。不少从德国回来的人直接被枪毙或者被送去了古拉格，而塔尼娅虽然躲过了这些惩罚，但和大多数强制劳工一样，她成了不再被社会接纳的人。她不能去读大学，也没有机会工作，无论她如何努力，都不会有人愿意雇用她。她就像一个被社会抛弃的人，只会连累与她有干系的人。她别无选择,只能借住在父母那里,依赖他们生活,尽管他们同样一无所有,和战后的大多数人一样忍饥挨饿。

塔尼娅最终能够勉强过上正常人的生活,要归功于家里的一位朋友,一个五十多岁的犹太数学教授,他爱上了这个年轻漂亮的女孩并且娶了她。她不喜欢这个上了年纪的男人。她讨厌他发黄的牙齿和无药可救的叨唠,但她无法拒绝他。她与他结婚二十多年,生了两个孩子,最后,在丈夫突然心脏病过世大约十年后,她回到了一切不幸的肇始——德国。这里生活着她的儿子们,而她在乌克兰能领到的遗孀抚恤金也只够买些面包和面条。德国的三年强制劳动把她的整个人生毁掉了,但我从未听她谈论起那段经历,有时我甚至觉得,她完全没有意识到自己回到了那个在小时候曾把她掳走的国家。

至于巴比亚尔也就是娘子谷大屠杀,要不是纳粹的滔天罪行意想不到地引发了一场时隔二十年的"余震",塔尼娅仍然对此一无所知。娘子谷是基辅外围一条深达五十一米的浪漫峡谷的名字。1941年,德国占领者以疏散为借口,把城里能找到的所有犹太人,连同吉卜赛人和战俘,全都赶到了这个山谷,两天不间断地用机关枪射杀了三万六千人。没过多久,为了掩盖大屠杀的痕迹,他们驱使集中营里的囚犯把已经填埋了的尸体又挖了出来，架在浸了汽油的铁路枕木堆上点火焚烧。三百多个囚犯一遍遍地捣碎烧焦的骨头和其他残留物，然后掺着灰烬一起混进沙子。在完成这些任务后，他们也被枪决灭口。接下来的几年里，又有十万到十五万人陆续在这个峡谷里被纳粹杀害，其中绝大多数是犹太人。

后来塔尼娅告诉我，战争结束后，这里建起了大型工厂，人们拓宽了峡谷，用来收集工业废水。就这样过了九年，这个洼地一直被恶臭的废渣填满，直到1961年3月13日早上，也就是基辅历史上的"黑色星期一"，年久失修的大坝垮塌了，汹涌的泥石流涌向城市，冲进了过去遍地木屋、现在林立着现代板式装配楼的库雷尼夫卡老住宅区。洪水威力无穷，所到之处，房舍、汽车、电车甚至整个体育场，顷刻间全被吞没。而这个时候娜斯佳还在大约十二公里外的学生宿舍里睡觉。她的姐姐塔尼娅前不久才随着家人搬进了库雷尼夫卡的新家，当时正在去食品店买新鲜面包和酸奶的路上。在最后一刻，奔涌而来的泥浆已经到了她的脚边，她才爬上了一栋未完工的大楼，两股战战地从三楼俯视着下面地狱般的景象。在那一天之前，她从未听说过二十年前发生在巴比亚尔峡谷的惨案。她不知道，在咆哮着滚滚而来的黑褐色污水中漂浮着大量遗骸，被枪杀、继而被焚烧、被捣碎的遗骸。过去二十年，它们一直默默地躺在峡谷底部，浸没在臭气熏天的有毒污水之下，不被任何人记得，如今，它们又似乎成为导致大坝决堤的罪魁祸首。它们发出震耳欲聋的咆哮，裹挟着工业废水和灰烬，翻腾起海啸一般吞噬一切的巨浪，从库雷尼夫卡席卷而过，向世人宣示了自己的存在。对于在洪水中丧命的人数，并没有确切的统计，只有一个一百四十五到三千的概数。负责维护废水处理设备的工程师为此了结了自己的生命。

塔尼娅的儿子马克西姆到了德国就开始反思自己的犹太血统。他和他的弟弟萨沙过去都是工程师，就和他们的小姨娜斯佳一样，但到了德国之后就再也找不到与自己专业对口的工作了。这也难怪，因为他们对待德语的态度与他们的母亲一模一样：充耳不闻。实际上他们仍然生活在乌克兰，就和大多数苏联及后苏联公民一样，尽管他们分散到了世界各地，但他们的灵魂都留在了被他们憎恨的故乡。

马克西姆每天都去一个俄语的卡巴拉学校上课，与那里的移民一起探索神圣的奥秘。对于这份学业他非常认真，从不缺课，他已经从一个无神论者变成了一个神秘主义者。他遵守安息日的律法，一有空就去犹太教会堂祷告，移民德国后的他在犹太信仰中找到了自己的身份认同。同时他还肩负着一个父亲的职责，十岁的女儿就是他的一切。他每天乘地铁送她上学，接她放学回家，给她做饭，为她读俄语书。负责挣钱的是他的妻子塔玛拉，那位钢琴老师，她是一位勇敢果断的意第绪母亲，把全部的爱都给了自己的孩子和丈夫，像珍爱自己的眼睛一样呵护着他们。而且她是家里唯一能说一口流利德语的人，是全家人的语言顾问，不管是谁在语言上遇到了任何困难，都得向她求助。

马克西姆的弟弟萨沙对卡巴拉不感兴趣，犹太身份是他来德国生活的凭借，这就是血统对于他的全部意义。他离过两次婚，住在动物园站后面一栋不知名的高层建筑里，他的单间公寓就和集装箱差不多大小。这是一个沉默寡言又有些固执的男人，他坚决不接受德国政府的资助，靠为一家快递公司投递包裹自力更生。从清晨到深夜，他开着自己的送货车穿梭在柏林的大街小巷，无数次提着包裹在楼梯上飞奔，一刻也不停歇——一来是因为他的车只能停在泊车位外侧，必须在短时间内离开，更重要的当然还因为这是一份计件工作，投递包裹的多少决定了他收入的高低。要是找不到人签收，他就得往一个地址白跑好几趟。深夜回到自己的集装箱公寓，他总会喝上一碗上个周日就提前熬好的汤，然后倒头就睡，第二天一早又夺门而出。他有一个儿子，跟着他那领社会救济金的前妻生活。所以他不仅要靠微薄的工资养活自己，还得留出一部分作为儿子的抚养费。

多年来，萨沙过得如同一台没有任何欲望和感情的包裹投递机，终于有一天，他被做梦也想不到的机会砸中了——一家德国公司聘用他前往格鲁吉亚负责一个大型建筑工地，每个月发给他的钱比他之前投递一年的包裹挣来的还要多得多。他几乎成了"一夜暴富"故事的主角。接下来的三年，他一直在格鲁吉亚的一个偏远山区工作，住在一个小房间里，靠着一台电视机与外界保持着微弱的联系。他的一日三餐一概由女房东负责，房东女儿叫塔里科，常在院子里一边唱歌一边晾晒衣服。女孩的歌声飘进开着的窗户，唤醒了他内心被遗忘的渴望。但他除了不声不响地与她交换几个眼神，不敢有任何其他举动，因为他听说不久前镇上有一个陌生人因为接近了一个年轻的格鲁吉亚姑娘而被人杀害了。

这三年里萨沙攒下了很多积蓄。他计划回乌克兰，在基辅买一套公寓。只要没有重大的政治灾难卷土重来，他就可以在家乡安享晚年了。回国前一天，他把账户上超过二十万马克的存款全部取了出来，然后开车前往附近的一个村庄与那里的朋友告别。可是就在这段路上，他失踪了。

起初，人们猜测他肯定是因为随身携带了从银行取出的钱，而遇到了谋财害命的歹徒，但后来他们在他床边的一个大塑料袋里发现了这笔钱。格鲁吉亚警方搜寻了好几个星期，他们怀疑他的汽车从没有加固的陡峭山路上坠下了山崖，但不管是出动直升机从空中寻找他的踪迹，还是派出潜水员在山间湖泊打捞他的尸体，全都一无所获。

在我的想象中，他兴高采烈地开着车，大声哼唱着歌曲，贴着蛮荒的格鲁吉亚峡谷边缘一路下行。也许他的遭遇就和《恐惧的代价》里的情节类似，电影中，主人公驾驶着一辆满载着易爆的硝化甘油的卡车，穿过危机四伏的山间土路完成了运送任务，把高额的酬劳收入囊中，却在返回途中，因极度亢奋而失去了对卸空了的卡车的控制,最终坠下了山崖。我凭借着想象不断在脑中重现萨沙意识到自己的命运已无可挽回的那一刻。他被锁在车里,不受控制地冲向深谷,这一刻的秘密只有他一个人知道,而他再也没有机会把它公之于众了。

他的尸体是在秋天被发现的,那时距离他失踪已经过去了几个月,茂密的树林在那时变得稀疏了。他并没有坠落山崖,而是在失去知觉之后,驾着他那辆红色的日古丽神不知鬼不觉地滑进了山坡一侧的小树林里。也许是在德国那几年的繁重工作在他身上埋下了病根,也许他在格鲁吉亚一直处于超负荷状态,也许他的心脏承受不了那样的喜悦和兴奋,也许就在他思念着塔里科、畅想着他在乌克兰的新生活的时候,他的生命时钟因为某种不为人知晓的原因走完了最后的刻度。人们在汽车驾驶座上发现了一具干枯得如同木乃伊的尸体,他的头搁在方向盘上,手腕上挂着一只金属表带的手表。事故现场没有任何暴力痕迹,他的死因永远成了一个谜。

这段时间里,娜斯佳的日子也变得更加艰难。阿希姆终于找到了一份工作,不过他没有重新做回报酬颇丰的起重机操作员,而是在选帝侯大街附近给人看管楼房。

雇主是一对好说话的老姐妹,她们并不反对与职位申请人的乌克兰妻子而不是他本人签订雇佣合同。阿希姆给娜斯佳的说法是,这不过是走个形式,因为如果他在合同上签了字,他就会失去失业救济金,换成她来签,他们就能保住三个收入来源:他的失业救济金、大楼管理员的工资以及她做清洁工的收入。就这样,娜斯佳在德国拥有了第一份正式工作。她名义上领着一份工资,钱却被转入了阿希姆的银行账户,她还得负责缴纳税款以及养老保险和健康保险的保费。

名义上成为她雇主的两姐妹不仅拥有一栋引人注目的五层办公楼——大楼管理员的职责就是看管和维护它,相邻的酒店和它旁边的一家电影酒吧也属于她们,据说奥斯卡·罗勒曾在那家酒店里为电影《无处可逃》①里的一场戏取过景。办公楼的后院还有一间小屋子,可供大楼管理员居住。娜斯佳和阿希姆都很乐意搬到这个新家,尽管他们的理由不尽相同:阿希姆重新获得了一个夏洛滕堡区的地址,在他眼里这就是优雅生活的极致,而娜斯佳庆幸自己终于可以离开荒凉的新克尔恩-布里

---

① 德国导演奥斯卡·罗勒(Oskar Roehler)在2000年执导的黑白电影,又名《触碰不到的女人》。——译者注

茨，回到城里居住了，而且还是城市的中心。

这对好心的姐妹愿意在签合同时配合阿希姆弄虚作假，部分原因或许在于她们的这份合同本来也不完全合规。根据建造监督部门的规定，娜斯佳和阿希姆现在住的这间屋子是不可以用作居住的。娜斯佳看着自己的新居，立刻想起了普希金那句"修建在鸡腿上的小房子"[①]。只不过它没有高高耸立，倒真像是用来养鸡的。直立行走的人类根本不适合住在里面，就连身材矮小的阿希姆也很难在家里站直身子，进进出出都得低着头。娜斯佳要比他高出近十厘米，注定要回到智人进化初级阶段的生存状态了。如果不想让脑袋撞到天花板，她就得在家里保持着弯腰弓背的姿态。时间久了，她就学会了省去不必要的走动，在家里不是坐着就是躺着。

这间屋子的缺陷不止这一点。它建在办公大楼后面一个一丝阳光都照不进的庭院里，每扇窗户都很小，所以就像嵌在山脚下一般，必须整日里都开着电灯。院子里两台老掉牙的风扇全天候地嗡嗡作响，源源不断地把酒店厨房的油烟吹进逼仄的庭院，餐厅锅碗瓢盆里美味

[①] 出自普希金的长篇童话叙事诗《鲁斯兰和柳德米拉》中的第一首。——译者注

佳肴的气味一直陪伴娜斯佳进入梦乡。酒店和电影酒吧的垃圾箱就放在小屋子的窗子下面，不断发出叮叮咣咣的声音，电影放映的间歇还有观众跑到院子里抽烟。

娜斯佳一直相信，不会有哪个地方的生活条件比乌克兰更糟糕的了，但现在，在德国首都的市中心，她找到了，过去的她一直都错了。不过这个通了电、通了水，也配备了集中供暖的新居所，与她曾经和罗曼住过的老货车相比，仍旧可以算得上豪华。她见识过生活更恐怖更苛刻的一面，远非这个只是让人直不起腰的小鸡房子能比。

阿希姆绝不相信这个大楼管理员的职位就是他职业生涯的终点，他觉得这只是个过渡，他有自己的远大计划。成为高薪起重机操作员的梦想，他已经放弃了，他转而开始创业。他像鼹鼠一样一动不动地窝在放着电脑的黑漆漆的小隔间里，忙着经营一些神秘的生意，他向娜斯佳保证，这些生意很快就会带来大笔收入，然后他们就能辞掉这个管理大楼的活儿再去购买一套宽敞的公寓。他一心一意地筹备自己的公司，根本就没有时间履行他的管理职责。他反复向娜斯佳许诺，要不了多久他的公司就会步入正轨，但眼下，做完清洁工作回到家的娜斯佳，还得面对更加艰巨的任务。

虽然她只是签了形式上的雇佣合同，但她已经成了事实上的大楼管理员。打扫大楼办公室的工作由一家外包的公司负责，但每天清扫和拖洗五个楼层的楼梯间、清洁两部装有镜面的电梯、打扫每层楼的厕所，以及保持院子整洁、及时倾倒院里的垃圾桶和玻璃回收箱，统统归大楼管理员负责。这些活每天要花掉她三四个小时，但因为她并不想放弃自己已经完全胜任的家庭清洁工作，最终她每天的工作量几乎达到了十二个小时。做完这一切，她一头栽倒在床上，那感觉比在基辅最困难的时候还要劳累。第二天早上六点，她又必须准时起床打开前门，然后再睡上一个小时，出发去做她的第一份清洁工作。而被阿希姆收入囊中的不仅是大楼管理员的工资，娜斯佳做家政女工的报酬也被他索走了一半，因为他现在不仅需要偿还债务，最要紧的是要把它们投入新的公司，根据他的说法，新公司很快就能让他们摆脱所有的烦恼。

娜斯佳不再相信阿希姆所说的任何一句话，她现在已经肯定，他就是想找一个像她这样愚蠢的女人，通过剥削她来达到自己的目的。一旦她反抗，拒绝把家政女工的收入交给他，他就会立刻用离婚进行要挟。他知道她只能作为他的妻子留在德国，她逃不出他的手掌心。她就是他的奴隶，他的牲畜，一头会吐金币的驴。

而他是这里的看守和督工。他一觉睡到中午，然后就开始四处巡视，看看是不是一切正常，这里换掉一个坏灯泡，那里拧紧一个螺丝，跑到地下室检查一下暖气，维护一下电梯，一路上对所有他看不顺眼的人骂骂咧咧。他很容易跟别人发生争执，因为他觉得所有人都在攻击他，都在区别对待他。整幢大楼里的人都害怕这个好斗的、爱惹是生非的、全身上下只看得见头发和皮革的矮子。

娜斯佳认为自己是咎由自取。她觉得自己并不比阿希姆好多少，她也只是出于算计而结的婚——主要是为了居留许可，其次是因为那辆哈雷摩托，这辆车在她眼里就象征着自己的青春，象征着自由，象征着向一个刚刚对她敞开大门的世界进发。现在这辆旧摩托车也挪了地方，它停在夏洛滕堡区一个闷热的后院里，一如既往地上不了路。娜斯佳向阿希姆提出，她可以出钱修理这辆车，但他用一串含混的咕哝拒绝了。此外她也早已和巴黎、罗马、地中海告了别，她与阿希姆最长的旅行就是在周日下午跑去柏林郊外几公里处的一个芦苇丛生的小湖。他把奔驰车往那儿一停，用塑料桶打来湖水，开始动手洗车，直到把它擦得锃光瓦亮。娜斯佳则坐在岸边，透过芦苇丛望着她心爱的湖水，望着水面上披着阳光翩翩起舞的蜻蜓。约莫两个小时之后，他们就又驾车打道回府了。

冬天来了，娜斯佳面临着她在签合同时怎么也想不到的挑战。在过去的几年里柏林很少下雪，乌克兰也早就不再有她童年记忆里那样的冬天，不再需要一大早在门前挖出一条路才能走出家门。但现在，就在她并不情愿地接受了这份大楼管理工作的第一年，老天爷仿佛打定了主意，要让她彻底屈服于自己的冬日淫威。阿希姆最多只在白天清扫一次积雪，那个时候娜斯佳正忙于自己的清洁工作，但雪通常是夜里积起来的，所以她还必须赶在第二天早上七点前把积雪清理干净，否则楼里工作的员工们就进不了自己的办公室了。

娜斯佳是一个畏寒的人，哪怕在夏天都时常觉得冷，三十度以上的气温才能让她感觉自在。只有夏季的克里米亚才有适合她生活的温度。但现在，她必须在德国隆冬零度以下的清晨里铲掉大楼门前的积雪。娜斯佳很有力气，只不过她的力量并没有储藏在她那双细长而纤弱的手里。吸尘、掸灰、拖地、熨烫她都会干，但握着沉重的铲子铲起更加沉重的积雪对她来说实在是一项过于艰辛的工作。她买了毛皮手套来御寒，但戴上之后握不住铲子，她只好重新换回旧羊毛手套。要不了五分钟，她的手指就会失去知觉。她用围巾绕在夹棉外套的风帽外面，挡住自己的脸，但她的牙齿仍在围巾下咯咯打战。尽管她穿着有衬里的厚实雪地靴，但站在雪地上没多久，她就感觉不到双脚的存在了。凛冽的寒风一阵阵刮来，雪穿透周遭的黑暗刺痛她的皮肤。繁重的劳动让她汗流浃背，但同时她的身体又比她毕生中的任何时候都更冷。

而且她陷入了新的恐惧。乌克兰的情况她是了解的，谁要是在积了雪的人行道上摔倒，责任全在他自己，不会有别人来替他承担。但阿希姆告诉她，德国的情况是不一样的。如果有人在办公楼前的人行道上摔倒受伤，负责清理该路段的人员就必须承担责任。工作合同上签署的是她的大名，一旦遇到这种情况，就得由她，娜斯佳，来承担事故责任并且支付赔偿金，说不准要赔上一辈子。她一寸一寸地铲着人行道上的积雪，断臂瘸腿的路人、拄拐杖坐轮椅的伤员等各种形象不断从她脑海中冒出来。这个所谓走个形式的签名，让她在不知不觉中背上了如此重任。在这个离选帝侯大街不远的繁华地区，每天有成百上千的人从办公楼前积雪覆盖的人行道上踏过，她必须对每一个人的安全甚至生命负责。

铲雪并不是工作的全部，她还得在门前撒满融雪盐。那些看起来和糖没什么分别的粉红色盐粒十分重，她的小桶每次也装不了太多，所以她只能迈着冻僵了的双腿一次次到院子深处的大桶前取盐，直到用一把小铲子把整段路都撒满。干完这些，她就跑回小鸡房子，花半小时冲个热水澡让自己暖和起来，然后飞快地擦干身子穿好衣服，灌下三杯黑咖啡，重新把自己裹得严严实实，匆匆奔赴这一天的清洁工作。

阿希姆现在拥有三台昂贵的电脑和好几台打印机。他声称自己未来的业务需要用到这些设备。他对新技术和奢侈品充满热情。他用娜斯佳给他的钱订购过价格不菲的数码相机、功能复杂的放映机，为他那辆几乎不怎么上路的奔驰车配真斑马皮座椅套，给自己买带有镀金表盘的劳力士。所有这些都是从那笔据说很快就会赚到的巨款里预支的，他不厌其烦地说服娜斯佳，他们马上就会有花不完的钱。娜斯佳不知道自己外出工作时他究竟在家里忙些什么，她在家的时候，他总是隔着一团烟雾坐在自己的技术设备前，像一个炼金术士造出的矮人，又像一只待在自己洞穴里的有攻击性的长毛动物，不知疲倦地努力孵化着一些神神秘秘的东西，罐头水果和冰淇淋是他唯一的粮食。他几乎不再离开公寓，因为外面的世界对他来说只有不快和敌意。他只是每天去探望他的奔驰车，确保它仍然完好无损地待在原地。

娜斯佳几次三番想一走了之，想直接逃回基辅，但每次她都得提醒自己认清那个事实：那里已不再有她的容身之地。再说和一个德国人结婚满六年才有可能拿到永久居留许可，而她还没坚持到一半。她还得熬上三年才能考虑离婚。到那时她才是一个自由的人，在那之前都不是。

有一天，娜斯佳在街上遇到了曾经的大学同学及同事安德烈。她没想到他也在德国。在基辅的那段日子里，婚姻之外的情感冒险对于娜斯佳来说已经成了常态，而安德烈就是她的外遇对象之一。安德烈，一个高大挺拔、长相英俊的男人，机智，幽默，举手投足也十分潇洒。娜斯佳一直以为他早就移民去了以色列，现在，他竟然出现在了柏林的大街上。就在她眼前。这样的偶遇同样也让安德烈十分意外。他们已经快二十年没有见面了，但还是立刻认出了对方。安德烈在乌克兰就患上了青光眼，如今有一只眼睛已经失明。这个并不明显的瑕疵是他那张五官匀称、棱角分明的脸上唯一的缺陷。

他们是在一家咖啡馆门口不期而遇的，自然就走了进去。娜斯佳在柏林只下过两三次馆子，往咖啡馆里走的时候还带着轻微的局促，她不知道在一个德国咖啡馆里怎样表现才算得体。

他们在一个安静角落里找了张桌子落座。娜斯佳还记得，在乌克兰的时候安德烈就不怎么喜欢吃蛋糕。他点了一杯啤酒，她要了一杯浓咖啡和一小块贵得吓人的覆盆子蛋糕。今天就算是庆祝她的乌克兰之日了，庆祝这个与老朋友、与覆盆子重逢的日子。她想起了度假屋前的小花园，那儿到了夏季就会结满覆盆子，她总是用手把这些红色的小果子从枝条上抹下来，一把一把地塞进嘴里。

过去在基辅，她常常和安德烈一起开车去度假屋，共度几个小时的二人世界,现在他们面对面坐在一张桌子上,彼此都显得有几分尴尬,毕竟二十年过去了。安德烈仿佛不会变老,看上去还和当年一样,只是一头乌发染上了银霜,成了一个头发花白的少年人。两个乌克兰人在国外狭路相逢,场面总会显得有些古怪。他们穿行在西边的人群里,似乎和周围人没什么两样,谁也看不出他们的出身,谁也不会知道他们是从世界上哪个不被注意的贫穷角落来到这儿的,但他们都骗不过对方的眼睛,骗不过那双能看到真相的乌克兰眼睛。他们会突然意识到自己是在装模作样,仿佛同时陷入了一场骗局。

他们的关系结束之后,娜斯佳就不再会经常想起安德烈了。对于情人们来说,她不是一个忠诚的爱人,她的心一直只属于罗曼。现在,它不再属于任何人了,它悬在空中,它陷入了沉睡,它成了一颗古怪的无人认领的心。娜斯佳对自己在德国的困窘处境闭口不谈,她羞于在安德烈面前提起这些,她只想听他说说他的事。于是他给她讲了一个曲折又悲伤的故事。

他在乌克兰离了婚,然后带着他的第二任妻子,一个来自圣彼得堡的年轻俄罗斯女人,以及他第一段婚姻里的女儿加林娜,一起移民到了以色列。他指望以色列的医生能挽救他的视力，因为青光眼已经开始袭击他的第二只眼睛。手术只取得了部分成功，而且他和妻子玛莎也很快意识到，这不是一个适合他们生活的国家，仅仅是那炎热的气候就让玛莎无法忍受。尽管如此，他们还是待了两年，希望情况会有好转，但最终他们也没能适应那里。他们递交移民德国的申请后没多长时间，就获得了批准。那个时候柏林墙刚刚被推倒，他们在柏林有不少朋友，这座城市也因为那条即将彻底从世界上消失的东西轴线而显得格外诱人。说到这里，安德烈一时语塞。"要是我们一直留在以色列就好了。"他叹了口气。

德国的新生活开始得非常顺利。安德烈的妻子在一家俄罗斯旅行社找到了工作，他自己为在德国发行的俄语报纸和杂志撰写文章，十五岁的加林娜报名了德语课程，她打算参加德国的高中结业考试，然后选择摄影专业。他们对斯潘道区的宽敞公寓非常满意，透过家里的窗户直接就能看到哈弗尔河。他们常常在城市里漫游，看着这座城市每天都在变化，一头扎进闻所未闻的新鲜事物里。他们并不富裕，但同时他们从未感到如此自由，他们在柏林找到了自己的乐土。只是加林娜的情况渐渐令人担忧起来。之前不管是在乌克兰还是以色列，她给人的印象都是个对人充满信任的开朗少女,总能飞快地交到新的朋友,总是满怀好奇心和求知欲地投入向她敞开怀抱的新世界。但是在柏林,她变得与以往不同了,一开始难以察觉,后来慢慢露出了蛛丝马迹。她常常很晚回家,一言不发就把自己关进房间。安德烈在她身上看到了不安和疏离。

本来她一直是人们所说的那种跟爸爸特别亲的孩子,与安德烈心意相通,不论什么心事都愿意向他倾诉。而现在她只会粗暴地打断安德烈的所有提问。几乎一夜之间,她就失去了原先的稚气和温顺,仿佛变了一个人。安德烈绞尽脑汁猜测她身上可能发生的事情。是哪个德国男孩伤透了她的心?是这样的拒绝让向来都沐浴在家人的爱意和接纳中的她尝到了被逐出天堂的滋味吗?起初她完全不在意自己的外表,这样的表现似乎可以证实安德烈的猜想,要知道这在过去对她来说是多么的重要。她经常长时间不洗头,套着的衣服又皱又脏,体重明显下降,脸色也越来越苍白。安德烈千方百计劝她去看医生,但都遭到了拒绝。她变得更加封闭自我了,总是躲着安德烈和她的继母,不承认自己有任何问题。有的时候,她确实好像又做回了原来的自己。她重新变得活跃起来,和大家在一个餐桌上吃饭,和父亲下棋,定期参加德语课程并且又开始鼓捣她的照相机。安德烈很欣慰,他以为自己的女儿回来了。但随着时间的推移,短暂的好转已经无法蒙骗他了。他已经可以确定,有一个恶魔会周期性地侵扰他们,但无论他怎么努力都猜不出这个恶魔的名字。有时他甚至希望,毁掉他女儿的就是乌克兰人的通病——酗酒,这样的话事情似乎还有转机,但他不得不一再清醒地意识到,她身上从来都没有酒气,而且她的行为举止也与酗酒者完全不同。

  安德烈在德国的生活原本如此美满,现在却变成了一场噩梦。他失去了自己的孩子,却完全找不到症结,也不知道该如何是好。他的女儿需要医生的帮助,但她执意不肯去,他又有什么办法呢?难道他该把她绑去诊所吗?为什么她会突然如此彻底、如此无情地对他封闭了自己的内心?安德烈自责不已。他觉得,如果当初留在乌克兰,待在那个国家接受自己的命运,不去试图扭转事情的走向,放弃追寻更好的生活,那么这一切就不会发生。是他让自己的孩子失去了根基,或许那个已经不存在了的苏联并没有在当时的宣传里危言耸听,他本该警惕西方国家的污染和败坏。

另外，他有一种与几乎所有讲俄语的移民一样的病症：他的机体排斥德语。如果他们还在乌克兰，他一开始就会去加林娜的学校打听她的表现，会去拜访她的朋友和他们的父母，但在这里，他能做什么呢？他的女儿生活在一个他不认识的世界里，他与这个世界几乎没有任何联结，他无法用俄语与这个世界里的任何人交谈。他也下不了决心在加林娜离开家的时候偷偷跟踪她、监视她。这不是他的风格，他觉得这样做自己就会彻底失去她的信任，如果她对他还有一丝信任的话。

后来的某天，他终于鼓起了勇气，手里拿着一本词典，来到了加林娜学习德语的学校。他不需要借助多少语言知识就从那里的老师口中得知，他的女儿已经很长时间没来上课了，远不止几个月。她几乎已经被人遗忘。

不久之后，安德烈就接到了警方的来电。一个男声在确认了加林娜·某某是他的女儿之后，便通知他去某某街的警察分局领她回家。赶到那里的他看到自己的女儿毫无生气地瘫坐在椅子上，对自己的父亲视而不见。她脸色惨白，双眼凹陷，里面的光仿佛完全熄灭了。现在，他终于知道了敌人的真面目：他的女儿在科特布斯大街因购买海洛因被捕。

从那天到加林娜最终死去，中间隔了将近半年。她的毒瘾并不是从使用入门毒品逐渐发展起来的，她是在完全不知情的情况下直接落入了海洛因的魔爪。她深陷其中难以自拔，继而开始偷窃，开始出卖自己的身体。她以前从来没和男孩交往过，她的第一次性行为发生在公共厕所里，对此她的记忆几乎是空白。她犹豫了很长时间才走出了卖淫这一步，这个时候她的戒断症状已经非常剧烈了，以至于她几乎感觉不到陌生人对自己做了什么。自那之后，做男人的生意就成了家常便饭。她非常漂亮，她那年轻的身体总能吸引到愿意花钱的人。很快，她就落到了每天都需要最大剂量的地步，她生活的全部就是不断地弄钱好度过下一次的戒断反应。

安德烈倾其所有想要找回来的那个加林娜已经不存在了。她在诊所接受了戒毒治疗后，立刻就复吸了。她已经被彻底摧毁，沦落为海洛因的奴隶，或者说完全被得不到海洛因而产生的症状所支配。安德烈再也救不回他的女儿。他试图带她回基辅找她的亲生母亲，好让她远离柏林的毒品圈，但再次遭到了她的拒绝。她住进了另一个瘾君子的公寓，通过为他赚取毒资来支付房租。

安德烈最后一次见到她是在黑夜里的街头。她从来没有给过他自己的地址，只同意在大街上这样的中立地带与他见面。安德烈等在一小块绿地前的约定地点，不敢相信眼前朝他走来的幽灵就是他的加林娜。才十七岁的她看起来就像一个老太婆。曾经令人艳羡的丰盈黑发，如今暗淡油腻地一绺绺垂在肩上，手臂细得像火柴棍，浑身疮疤，声音也变得嘶哑而陌生。安德烈恳求她跟自己回家，他保证不管发生什么都会永远陪在她身边，会和她一起渡过所有的难关，他甚至向她许诺，如果实在别无选择，他会替她去买海洛因，只要她答应跟他回家，但加林娜一个字也听不进去。大约十天后，她因使用受污染的注射器感染了败血症，最后死在了医院。

安德烈说自己简直是个彻头彻尾的蠢货，一个睁眼瞎，对早已充斥在自己周围的诸种迹象熟视无睹。他曾经在女儿的房间里看见过一次性注射器，也早就注意到她只穿长袖衣服来遮盖被针扎得惨不忍睹的手臂，甚至当他发现她从自己钱包里偷钱的时候，仍旧没有意识到问题的严重性。他说他之所以对毒品如此无知，是因为他来自一个缺乏相关教育的国家，一切与理想社会图景格格不入的东西在那里都被扫到了桌子底下。毒瘾在乌克兰从来都不在公众的讨论范围之内，实际上他甚至都不确定,世界上是不是真有这样的东西存在。

　　加林娜去世后的很长一段时间里,他能做的只是盯着家里的墙壁发呆。但半年后的某一天,他买回来一本德俄大词典,并且报名参加了针对外国人开设的在线德语课程。一年之内,他不仅自学了德语,还读遍了所有他能找到的有关毒品的文献。他开始参加讲座和研讨会,与专业人士取得联系,最终自己也成了这方面的专家。之后他在一家戒毒咨询中心工作了几年,领着微薄的薪水,担任全德俄语客户的联络人。虽然对于自己身上发生的一切他仍旧无法理解,但他在这份工作中得到了救赎,他向沾染毒瘾的青少年的父母们提供指导,以免自己过去的悲剧在他们身上重演。他对后苏联世界里毒品问题的现状也有了深入的了解,那儿的人们仍旧对此讳莫如深,吸毒成瘾者不被视为病人而被当成社会渣滓、当成罪犯,父母们只能竭力隐瞒孩子的情况,背负着耻辱默默独自承受一切。对于国家的干预,他们从根里就极度恐惧。

　　打消父母的疑虑也属于安德烈的工作范畴。在这些移民德国的求助者中,绝大多数是忐忑不安、惊慌失措的母亲。他必须首先消除她们的不信任,必须让她们相信,德国的咨询机构保证履行保密义务,不会泄露任何数据,不论是警察、雇主,还是学校或是其他单位,都不会得到信息,他们的孩子不会有坐牢的危险,家人们也不会遭受到任何报复和制裁。他得使出浑身解数,才能让一个斯拉夫母亲摆脱传统的行为模式。她们的过度关怀、自我牺牲和无限忍让,她们眼见亲骨肉受罪时的那种极度强烈的感同身受,与无节制的抱怨和责备,只会让她们与毒瘾的斗争变得更加艰难。他必须教会这些母亲,面对被毒瘾缠身的孩子,除了对他们严厉无情别无他选,而这绝非易事。

他们中的大多数人德语并不流利,就和不久前的安德烈一样。他们需要安德烈,不论是作为翻译员,作为启蒙老师,作为通往医生、戒毒诊所和其他援助机构的桥梁,还是作为日日夜夜的陪伴者,作为无助而绝望的父母们的心理治疗师。他孜孜不倦地工作,他的付出远远超过了他的酬劳,与杀害他女儿的那个魔鬼作斗争已经成为他的工作、他的生活、他的情结。

安德烈和娜斯佳交换了电话号码,之后他俩便会时不时见上一面。娜斯佳不能邀请他去自己家,因为阿希姆肯定会像对待她的亲戚一样把他赶出去,再说"小鸡房子"也不适合接待客人。考虑到他们的过往,安德烈和他妻子的公寓也不是一个理想的会面场所,尽管那些事发生在久远的过去,完全属于另一段已经过去的人生。说来也奇怪,一回忆起她与安德烈的幽会,娜斯佳记得最清楚的竟然是当时的那种羞耻感。让她感到羞耻的并不是赤身裸体,恰恰相反,他们总是尽量快速而不引人注意地脱光衣服,永远在黑暗中,永远心照不宣地背对着自己的情人。他们不想让对方看到自己脱衣服的样子,也不愿让这样的景象映入自己的眼帘。因为当时所有人都穿苏联式内衣,无论男女,那种东西似乎是专为妨碍一个女人和一个男人做那件事才生产出来的。内衣是性爱的幽灵:娜斯佳在乌克兰度过的大半辈子里,让她感到羞耻的从来都是她衣服底下的内衣,而绝不是她想要取悦的男人的目光。

娜斯佳和安德烈通常约在大街上见面。她让他轻轻地挽着自己的胳膊,领着他走过柏林的大街小巷。他的视力越来越差,但这并没有阻止他每天坐车去戒毒咨询点工作。他在这条路上走过太多次了,闭着眼睛都能找到,不过偶尔还是会撞到灯柱或者其他意想不到的障碍物,有一次他掉进了一个建筑基坑,直接摔断了腿。对上帝的忠诚混杂着斯多葛主义，构成了一种令人钦佩的力量，支撑着他默默承受着这一切，包括不久的将来也许就会到来的彻底失明。

他在情感上对娜斯佳有一种很强的依赖，仿佛一直以来都对她保持着忠诚。他们定期在某个地方相会，然后并肩走过一条条街道，一个身材高大、几乎失明的男人和一个身材苗条、衣着朴素、背着背包的女人，各怀心事，却又深深联结，因为他们在另一个已经永远沉沦的世界里有着共同的根。

在与阿希姆的共同生活中，娜斯佳那种斯拉夫人特有的对苦难的承受力也逐渐达到了极限。最让她无法忍受的，是她发现他拥有一把左轮手枪。眼下他把枪插在皮套里整天背在身上，说是用来对付那些想要伏击他的敌人。娜斯佳已经开始为自己的人身安全担心了，隔天她就要生出一次远走高飞的念头，恨不得抛下一切直接跑回乌克兰，但很快她又会冷静下来，怪自己太过神经质。在这样的反复拉扯中她耗尽了精力，已经脆弱得不堪一击，连自己的判断和感受都信不过了。我很早就竭力劝她搬出去，并许诺愿意帮她另寻一套小公寓。毕竟刊登征婚启事是我的主意,她落入一个如此危险的精神病人的魔掌与我脱不了干系,我心里一直过意不去。

但娜斯佳立刻就排除了搬去别处的可能性。她相信阿希姆是不会让她走的,如果她真的一走了之,那他一定会立即提出离婚,这向来是他要挟她的砝码。但事到如今,她已经认清了,无论如何不能再这样下去了。于是我们一边喝着格鲁吉亚干邑一边制订新的计划。她打算立刻回基辅待上几个星期,就像之前的那个夏天一样,只不过这一次她不会再回来了。到时候阿希姆就会发现,她悄无声息地消失了踪迹,再也没有了任何消息。保险起见,我们会在到了乌克兰之后给阿希姆发信息,就说娜斯佳因遭遇意外而丧命,我们会编造一起事故,比如在第聂伯河游泳时溺水,或者是被卷进了汽车底下。从乌克兰回来后,她可以继续住在威丁区的姐姐家,塔尼娅显然不会反对她搬回去。但是考虑到阿希姆收到信息后一定会去塔尼娅那里打探下落,他一定不会轻易放过如此得力的妻子,所以在一开始的几周里,娜斯佳还是和我住在一起为好,因为阿希姆并不知道我的地址。

结果事情的发展让我们的假死计划成了多余之举。在娜斯佳逃回基辅之前,阿希姆就病倒了。长期以来,他的左胸一直隐隐作痛，肋骨下隐约有什么奇怪的东西咕咕作响。某天夜里，他的情况突然急剧恶化，娜斯佳不得不拨打急救电话，把他送进了医院。医生先是怀疑他犯了心脏病，但找不到任何迹象表明是心肌梗死。经过几次进一步的检查，医生得出了明确的结论：阿希姆患了癌症——一种位于两根肋骨之间的原因不明的癌症。他被转移到夏利特医院，因为那里有更先进的医疗条件。

在乌克兰，医生和亲属一般会向被诊断出癌症的病人隐瞒实情，好让他们对康复抱有虚妄的希望，他们相信这是对病人的保护。德国的情况则完全不同，娜斯佳发现，这里没有这样的仁慈。医生言简意赅地当面向阿希姆宣告了诊断结果，并简单地补充说明，他的生存几率很有限。

直到那时，娜斯佳才意识到，阿希姆是彻头彻尾的无亲无故。他几乎从不向她提起自己的生活。她所知道的仅限于：他的父亲大部分时间都是在监狱里度过的，在那些屈指可数的居家日子里也只会每天对他拳脚相加。他的母亲是女招待，同时也通过卖淫挣钱。丈夫蹲在监狱里的时候，嫖客们就会找上门来，她就会塞给阿希姆一些钱，打发他出去买酒和烟。他经常看着自己母亲在厨房的沙发上与不同的男人做生意。他有过一个妹妹，但在很小的时候就因为脑膜炎而夭折了。他很早就和父母断绝了联系，后来只见过母亲两三次，最近的一次是在二十年前。很有可能，他的父母已经不在人世了。

除了医生和娜斯佳，没有第三个人知道，此刻，他正躺在医院里并且生存希望渺茫。他没有孩子，也从未提起过任何亲戚。他说，很久以前他曾经结过一次婚，他的初恋情人是一个来自施瓦本的女面包师，但几年后，她就离他而去，嫁给了另外一个男人。他显然也没有一个朋友，甚至连一个熟人都没有，仿佛一辈子都生活在一个荒无人烟的世界里。看起来他只有她了，娜斯佳，他的"乌克兰木头脑袋"。他求她不要去基辅，留在他的身边。她在他的眼睛里看到了牲畜面对屠宰台的恐惧。现在她可以拒绝他提出的所有要求了，她可以一走了之，她终于摆脱了她的剥削者，摆脱了那个紧咬着她不放的吸血鬼。但她不忍心让这样一个病入膏肓的人独自面对自己的命运，她是他与这个世界的唯一联系。

娜斯佳一直觉得自己仿佛生活在噩梦中，而现在，这场梦里最黑暗的时刻来临了。一个德国男人再也无力驾驶自己的生命之舟，现在偏偏需要她，一个外来者，一个失语的人，来为他掌舵。他躺在医院里，整个身形都比原来缩了很多，他痛苦地呻吟着，等待着因缺乏病理学检查结果而一再被推迟的手术。医院针对他的病例进行了三次会诊，但不知出于什么原因，结果一直迟迟未出。没法确定癌细胞的类型，也就无法对症下药。在等待了将近三个星期之后，阿希姆突然在某天早上七点被推进了手术室，事先没有任何通知，也没人向他做出任何解释。

娜斯佳又记起了儿时那种害怕失去年迈双亲的恐惧，但在她成年之后，思考死亡这种问题已经成了她消受不起的奢侈。日常的生存斗争吞噬了他们的所有精力，没有给他们留下一丁点儿空间再去思考什么超越尘世的事务。而且这些想法在他们的社会里也是不被提倡的。死亡的存在让独裁政权处境尴尬，因为它不能承认，有什么东西是自己无权掌控的，它必须否认死亡的存在，对此绝口不提，才能在自己的臣民面前保持最终的权威。它自己就在制造和传播恐惧，所以它分散了人们对死亡这个更大的恐惧源头的注意力。娜斯佳也在这种对死亡的有意忽视中度过了大半生。所以当初登上开往柏林的火车的时候,她没有一丝心理准备,没想过自己会在西方的幸福世界里投入死亡的怀抱,以前所未有的距离直视它的面孔。

每天晚上下班后,娜斯佳就会坐车去阿希姆所在的医院。那个时候正值盛夏,她却只感到彻骨的寒冷。她被前所未有的无依、无措和无望所包围。这个时候任何人抓住她的手要带她离开,她可能都会跟他走。她不知道德国人的生活是怎么运转的,对德国的医疗系统更是一无所知,她甚至看不懂阿希姆的医疗保险公司寄来的信件。她孑然一身面对着他的疾病,面对着他肋骨下一个来路不明的怪物,德国最负盛名的夏利特医院的三次会诊都无法揭露它的真面目。

每当娜斯佳走上地铁通道的楼梯,看到医院的建筑出现在视野里的那一刻,她都会心惊胆战,尽管她早已习惯了这副景象。她相信这是她见过的最绝望、最压抑的画面了,如此令人恐惧,如此令人窒息。巨大的建筑群,石头的沙漠,自成一体的小城市,嵌着无数不透光的窗户,背后树立着传奇般的德国医疗科技的最高标杆。这是一座庞大的堡垒,抵御着那一夜之间便逼得娜斯佳几乎走投无路的衰朽,这也是一座无名的巨型工厂,无声的齿轮组正在全速运转,试图逆转她不久就会在阿希姆的眼中看到的死亡。

无尽的走廊里有许多扇寂静无声的门,她必须推开背后躺着阿希姆的那一扇,但她总是找不到方向。她从来没能成功地挤到一位穿着飞扬的白大褂来去匆匆的医生面前,也从来没能抓住关于阿希姆病情的只言片语,她能知道的只有:他可能会死。第一次手术后的第三天,阿希姆又接受了一次手术,因为他的胃里涨满了腹水,还陷入了高热谵妄状态。可第二次手术后,他的状态比之前更加凄惨,完全没有好转的迹象。医生不知道该对他做什么,因为组织学检查结果仍然缺失,没有诊断结果就无法对症治疗。

我一直无法想象,看到一只死老鼠也会惊慌失措的娜斯佳是怎么熬过那段日子的,她是如何日复一日地坐在医院的病床旁,看着她那陌生人一般的丈夫毫无胜算地与死神纠缠。他躺在一个令人窒息的小房间里,旁边还有一个垂死的老人。这个老人几次三番试图逃跑,所以他蜡白的手脚都被绑在了病床的护栏上。他大脑中的语言中枢显然已经损坏,一刻不停地说着话,就好像身体里有一盘转动着的磁带,正在播放一篇无休无止的、把他人生里的各种片段毫无逻辑胡乱串在一起的文章。有一次我陪着娜斯佳去了病房,那台自动播放机突然停了下来,老人睁开了眼睛,用一双清澈得出人意料的浅蓝色眼睛望着我说:"您好,小姐,请帮我翻过花园的栅栏。今天我还有一个约会。"

阿希姆日日夜夜都在和这台关不掉的说话机器共处,他不断地轻声呻吟,时不时地失去意识。——失去意识现在对他来说倒是一种短暂的解脱。第一次手术持续了九个小时,第二次手术用了五个小时,他的肋骨被锯开,伤口贯穿整个胸腔,随后还出现了诡异的症状:几分钟之内他身上就鼓起了一个个网球大小的肿块,手臂上的文身在肿块的牵扯下,带刺的玫瑰、刺穿的心、符文般的文字,全都怪异地扭曲变形。一次,他不知是从睡梦中还是昏迷中醒来,低声对娜斯佳说,他的腿不在了,它们已经从他身上飞走了。它们只是先飞一步而已,娜斯佳没有出声。恐惧把她紧紧地钳住了。

从医院回家后,还有打扫办公楼的工作等待着娜斯佳。现在这对她来说倒是件好事,这样她就不用那么早回到空无一人的小鸡房子了。她没有接受过独处的训练,她总是生活在人群之中，她甚至从来没有一个人在哪栋房子里度过一个夜晚。等她干完活，回到空荡荡的家里，她甚至庆幸至少院子里的风扇还在轰鸣，躺在床上还能闻到油锅的气味，还能听到空酒瓶落进回收箱的叮当声。这些来自鲜活世界的声音多少能让她平静一些，但只要一关灯，黑暗降临，死亡就会透过阿希姆的双眼注视着她。

终于，在将近六个星期之后，阿希姆的组织学检查出结果了。德国大名鼎鼎的夏利特医院也无法识别他身上的癌细胞，只得把组织样本送到美国的一个特殊实验室。阿希姆的病因比娜斯佳听说过的任何病例都更加诡异，他体内的肿瘤是他的双生儿，也就是一个所谓的重复畸胎。阿希姆在母亲子宫里的时候并不是一个人，还有一个兄弟或者姐妹与他共享了这个空间。但不知道出于什么原因，他的双胞胎最终放弃了自己的生命，钻进了阿希姆的身体，或者说被他吸收了。全世界医学界已知的此类病例不到一百例。一些对自己身体里的双胞胎毫不知情的人会突然在自己身上发现一些莫名其妙的现象，比如毛发在完全意想不到的地方开始生长，或者一颗牙齿刺穿了大腿上的皮肤。阿希姆的双胞胎从来没有发出过任何可怕的信号,它在阿希姆的肋骨下一动不动地潜伏了六十年,然后像睡美人一样苏醒,并且开始了快速的细胞繁殖来弥补停止了多年的生长。它似乎在对阿希姆说,现在,都结束了,亲爱的,你已经活得够久了,也干了不少坏事,现在该轮到我了。

阿希姆带着这个可怕的诊断结果出了院。医生们表示,鉴于这样的结果,化疗是不可能的,因为根本不存在针对这种癌症类型的癌细胞抑制药物。接下来的治疗,他只能联系自己的家庭医生了。

阿希姆哪里有什么家庭医生,但他显然很痛苦,他每时每刻都被难以忍受的病痛折磨着。娜斯佳根本不知道该做些什么。他尖叫,不断呕吐,精神错乱。他一会儿挥舞着手枪想要打死肿瘤,一会儿又想从窗口跳下去,尽管那儿离地面不过一米,还有一次他收拾好了行李要出远门,被娜斯佳从大街上追了回来。

娜斯佳给急救医生打过好几次电话,现在她已经学会了拨112急救电话时的常用语句。急救医生通常会来给阿希姆打上一针,然后还是让他第二天去找自己的家庭医生。但就算他有家庭医生,他的身体状况也不允许他上门求医。他根本就没有力气跑到街上去拦一辆出租车。最后，一个急救医生把他带回了医院，为他注射了吗啡止痛。后来他们还尝试了化疗，但细胞毒素对他身体造成的伤害甚至大过了疾病本身。不过化疗之后，他确实有了些许好转，他又可以回家了，甚至还关心起了自己的生意和那辆车检过期的奔驰。

到了这个时候，阿希姆的真容才第一次被人看清楚。他的头发都掉光了，整个人就像一棵掉光了叶子的树。那件仿佛和他长在一起的皮衣，连同所有叮咣作响的链子和其他金属配件，也都从他身上脱落了。现在的他只穿衬衣和牛仔裤，脑袋光光，脸色苍白，倒比任何时候都像一个寻常人。

有那么一段时间他似乎真的康复了，但他身体里的双胞胎其实并没有放弃。它只是在细胞毒素的攻击下屏息蛰伏了一阵子，眼下已经恢复了力量，正准备释放出更大的威力完成最后一击。阿希姆随后因截瘫被送去了临终关怀医院，在那里接受了药物治疗。因为已经感觉不到疼痛了，他的心情反而愉快起来。他还戴上了化疗后新配的眼镜，读了几页《图片报》，还说自己度过了美好的一生。到了第三天，他感到极度的口渴。娜斯佳给他带来了两瓶一升装的芬达，他一口气喝了个精光，然后就陷入了昏迷,再也没有醒来。第二天,娜斯佳赶到临终关怀医院的时候,他已经过世一个小时了。病房的窗户已经被推开,蜡烛已经点燃。阿希姆的身体还是温热的,看上去很平静。自始至终他都对自己体内的双胞胎一无所知。

我们没有为他举行葬礼,因为除了娜斯佳和我,出席葬礼的不会有第三个人。一家殡葬公司为我们办理了所有的手续,阿希姆的医疗保险公司承担了所有费用,娜斯佳只需出钱买一块安放他骨灰瓮的墓地。但即使是城里最便宜的墓地也得花费一大笔钱。而且问题是,一个没有人会来造访、不被任何人知晓的坟墓有什么存在的意义?阿希姆的父母可能已经躺在了柏林的某个公墓里,他本该葬在他们身边,但娜斯佳连他们的名字都无从得知。

我们向殡葬公司的人求助,他的办公室就在临终关怀医院的旁边。这个穿着黑色双排扣西装的男人给了娜斯佳一个令人大跌眼镜的建议。他坐在一张看起来十分现代的办公桌后面,语气十分安静、庄重,丝毫不带个人情绪,也没有任何面部表情,就好像衣襟上的那两排扣子锁住了他的全部情感。他的头发呈现出一种不自然的煤黑色,仿佛是出于对职业的尊重特意染的,皮肤在黑发的衬托下显得更加苍白,如同涂了滑石粉一样。一股类似铃兰的香味从他的身上飘出来,让人不禁猜测他是不是沾到了尸体上的圣膏油,或者说,这就是死亡本身的气味。

他告诉我们,他可以把阿希姆的骨灰瓮带到他的"老妈妈"那里去。"老妈妈",这是他的原话。她家住在哈尔茨山中的一个小镇上,那儿的公墓里有可以安放骨灰瓮的壁龛,上面有很多位置还空着。只需支付一点点费用,他的"老妈妈"就可以替那些不能或者不想在柏林购买墓地的人照看他们亲属的骨灰瓮,她会定期给"她"的逝者们带去一些小花,还会为他们祈祷。娜斯佳当然也会被告知公墓的确切地址,可以随时前往丈夫最后的安息之地。一番话听下来,我们感觉自己仿佛已经被这位陌生的殡葬从业者接纳为了家人,但同时又有些下不来台。他心里当然清楚,娜斯佳向他寻求帮助,并不是为了给死者操办葬礼,而是为了尽快摆脱这个死去的男人以及有关他的一切。

为了维持最后的一点点体面,娜斯佳还是询问了公墓的地址，并向这位乐于助人的殡葬从业者支付了两百马克。如果他没把这些不被惦念的死者的骨灰撒进垃圾桶，阿希姆就算是找到了理想的安息之地了，他带着他的双胞胎兄弟加入了无家可归的柏林亡魂大家庭，他们在哈尔茨山脉的某个地方相聚，长眠在某位"老妈妈"的羽翼之下。

在接下来的时间里，娜斯佳的黑色幽默和机智应对着实让人大开眼界。我从没想过她身上还有这样的特质。她很早就注意到，阿希姆经常会接到各种女人的电话，他会跟她们在电话里肆无忌惮地调情。当时她完全猜不出他们之间到底是怎样一种关系，因为阿希姆几乎不出门，至少她没去工作的时间里总能在家里看到他。难道打来电话的女人们是趁白天她外出工作时来找他的？即使是在得病之后，只要情况略有好转，他就会拿起电话继续谈情说爱。甚至最后在临终关怀医院里，他还惊喜地接到过人生中的最后一通电话。几乎从一开始，当他们还住在新克尔恩－布里茨的田野边时，阿希姆就会毫无顾忌地当着娜斯佳的面打这些电话，娜斯佳已经习以为常了。她从来不觉得这对自己是一种伤害，相反，她觉得多亏了这些女人，阿希姆才不再把她作为自己欲望的目标。

阿希姆还活着的时候,她从来不会去接那些电话,如今他不在了,她只得无奈地接管了这件事。她不知道他的女玩伴们是否知道她的存在,不过当她们发现接电话的不是阿希姆而是另一个女人,她们并没有显出几分困惑。也许她们从来都不知道她们的罗密欧病得很重,至少不知道他已经去了另一个世界,因为她们都还想着跟他聊天。娜斯佳觉得把他的死讯告诉她们也没有任何意义,于是就用浓重的俄语口音对她们说:"阿希姆不在家,不过我可以把他的电话告诉你。"然后她就把殡葬公司的号码给了那些听起来就轻佻又好骗的女士。

阿希姆的遗产让我们窥探到了一个重度精神病患者的内心深处。显然他从来没打算发展什么业务。他已经拥有了一家能为自己盈利的公司,它的名字就叫作娜斯佳。他那三台电脑上存满了他与各种女人交换的电子邮件。这么多年来,他在网络上没想过要干别的,只是全身心地投入网络性爱当中,这就是让他一刻不离地坐在电脑前忙忙碌碌的真实原因。最令人难以置信的是,在他物色对象的聊天室里和相关论坛上,竟然有这么多女性并没有对阿希姆说的话一笑了之,而是跟他一唱一和。他既不懂德语拼写规范,也没掌握好语法,连情爱的细节都描述得极其拙劣,我把他的话大声朗读出来的时候,笑得眼泪都流了出来。娜斯佳虽然听不懂德语,但也能大致猜到,既没受过教育智商又堪忧的阿希姆在那堆泛滥成灾的情色信件里胡扯了些什么。每当我爆发出笑声,她就会陪着我一起大笑起来。

另一些电子邮件却让我们的笑声堵在了喉咙里。有一个署"Uwe666"的人或长或短地隔一阵就会给阿希姆发送消息。"东欧来的鲜肉到了。"每次都只有这几个字,没有别的内容。这到底意味着什么?难道阿希姆不仅剥削娜斯佳一个人,还利用其他东欧妇女从事某种交易?难道他属于某个自柏林墙倒塌以来最猖獗的人口贩运团伙,专门绑架东欧妇女到柏林然后逼迫她们卖淫?他到底是扮演了皮条客的角色,还是拿了娜斯佳的钱自己去消费那些"东欧来的鲜肉"?

我们开始在整个公寓里到处翻找。也是在这个时候,我才意识到娜斯佳从来没有真正在这里居住过。她对自己的家缺乏最基本的了解,用她自己的话来说,她只是在这里拥有了一个"小角落"而已,她的床、她的小衣柜、衣帽架上挂着背包和夹克的挂钩，就是她地盘的全部了。她从来没有留心过这个公寓里的其他东西，从没想过要打开客厅里的旧德式壁橱或走廊里的抽屉柜往里瞧一瞧。不过即使她打开看了，可能也不会发现什么，因为她根本就对这里的一切视而不见。其实整个公寓里堆满了色情杂志，就和从汽车手套箱里掉到她脚边的杂志一样。到处都能发现它们的踪影，每个格层，每个抽屉，每扇被我们推开的柜门后面。成千上万张彩色页面，上面全是女人，各个国籍、各种肤色、为男性的凝视摆出各种姿势的女人。整套公寓，包括那些电脑，就是一个色情狂的秘密档案，仅是阿希姆收藏的那些廉价色情片，肯定也耗费了他相当一部分存款。

我们还读了一些他在生命的最后几周里没来得及打开的邮件，其中包括一些催讨书和一封强制拍卖的警告。这些邮件看起来都关涉一些以折扣价购买电视、冰箱、电脑、陶瓷炉和其他生活用品的未付款项。娜斯佳和我面面相觑，我们想不通他为什么要买这些东西，它们又被藏在了什么地方。

最后，我们在小鸡房子的地下室里找到了它们。眼前这个灯光幽暗、墙上布满霉斑的空间，诡异极了。这里也如同一间档案室,存满了冰箱、浓缩咖啡机、吸尘器、洗衣机、电视、微波炉……电器市场里能买到什么,这里就有什么,每样都有好几种,全都没有使用过的痕迹,但不少已经因为地下室的潮湿而损坏了。我们完全猜不透购买这些东西的用意。阿希姆肯定在这上面花费了大笔的钱,但这到底为了什么?这成了他的一个秘密,现在他把这个秘密一同带进了坟墓。

也许,这种行为的唯一意义就在于囤积,也许他对家用电器的无穷渴望就像他对虚拟世界里的女人的渴望一样病态。它的源头一定是对爱的极度缺乏,以及空虚得可怕的内心。也许他之所以会被娜斯佳所吸引,正是因为他在她身上看到了自己的反面,那是一种无视物质价值的社会性动物的缩影。对于娜斯佳来说,只有人与人之间的关系、只有她爱的人和爱她的人才是重要的。

另外,阿希姆始终给我一种印象,他似乎是一个非常了解监狱且了解的视角来自内部的人,事实证明我的直觉是对的。我们在他的各种材料里发现了一张未注明日期的泛黄纸片,从上面的内容看,他曾在摩亚必特监狱待过。可惜,他在什么时候因为什么被关进监狱,又被关了多久,都无法从这张纸上得知。但此事很有可能和他那些来路不明的债务之间存在某种关联。不管怎么说，娜斯佳早已不再相信他说的那个感人肺腑的"为人品高尚的救命恩人担保还债"的故事。不过，她的希望也落了空，这笔债务是实实在在的，并非子虚乌有。阿希姆给她留下的只有一辆车检过期的旧奔驰、一台上不了路的哈雷摩托、一个堆满了家用电器的地下室，以及欠德意志银行的十五万马克债务——数额是我们根据他的银行对账单估算出来的，但这些对账单没有办法告诉我们，它是如何产生的。作为他的遗孀，娜斯佳是这笔债务的合法继承人，虽然她早就已经在偿还这笔债务了。

就在我们以为那令人胆战心惊的揭露过程已经接近尾声的时候，最大的惊喜还在后面。前不久，刚刚多了十五个虚构的兄弟姐妹的娜斯佳发现，作为阿希姆曾经的妻子，她又多了十个货真价实的前任。这样的结婚次数，大概美国演员也不能和他媲美了。如果阿希姆去吉尼斯世界纪录认证机构申报他的十一次婚姻，那里的编辑团队一定会爆发出欢呼。我完全无法想象，一个人怎么能在短短一生里如此频繁地结了一次又一次的婚。

阿希姆在总共十一个文件夹里记录下了自己的每一

次婚姻，凭借着这些记录，娜斯佳详详细细地了解她的那些前任和她自己。每一次婚姻的模式都相同：开端总是与东欧或亚洲婚姻中介机构的通信，或者是对某位女性的征婚启事的回复；接下来，与选定的潜在结婚对象第一次会面，通常有照片为证；到了下一个阶段，她们身上的衣服就不见了，阿希姆本人的裸照也从不缺席，照片里的他总是自豪地展示着他那跃跃欲试的男性器官。而婚礼的照片中从来见不到任何宾客，只有穿着华丽白色礼服的新娘和身着黑色燕尾服的阿希姆——这样看来，娜斯佳在基辅的那张照片就是个例外了。

　　接下来是重头戏，也就是这些记录的核心——筑巢。每换一任妻子，阿希姆不仅会搬去新的公寓，还会把那些本来就簇新的家具全部换掉，但风格始终保持不变：旧德式的壁柜，黑色皮革家具，法式大床，琳琅满目的家居装饰品和小摆件，比如玻璃心形串成的风铃、花瓶、桌布、灯串、动物雕像，等等等等。所有这些东西都从不同距离拍了照，包括十分用心的近距离特写。年轻的马来女人性感地在大婚床上舒展开四肢，俄罗斯女人坐在皮沙发上温柔地依偎着阿希姆，罗马尼亚女人温顺地站在布谷鸟钟下。这台钟每次都挂在公寓客厅的中央位置，看来它是阿希姆唯一一个每次搬新家都会带走的物品了。

他的第一任妻子确实是一个来自施瓦本的面包师。排在娜斯佳之前的一任是一个波兰女人，好几年里一直在与阿希姆进行激烈的离婚大战。争端的起因永远都是钱，不是女人们向阿希姆索要钱财，就是阿希姆向她们伸手，但显然没有一个女人像他的第十一任也是最后一任妻子娜斯佳那样愚蠢，任由阿希姆肆无忌惮地剥削自己。她的档案也是最薄的，除了他们在基辅的结婚照，几乎就没有什么了。阿希姆完全放弃了对新克尔恩－布里茨的简陋新公寓的记录，就是从那儿开始，他踏上了以死亡为终点的下坡路，最后在夏洛滕堡的小鸡房子里走到了尽头。这个过程中，娜斯佳始终在他身边，她可能是他人生中唯一一个向他展示仁慈和怜悯的人了。

娜斯佳做梦也想不到，在她的有生之年，会欠德意志银行十五万马克，她感觉自己简直不能更富有了。现在她只需在德意志银行找上门之前尽快从德国消失就行了。背着十五万马克的债务回到乌克兰，这可不是随便什么人都能做到的。

我又给那位女律师打了电话，大约在四年前，是她帮助娜斯佳逃过了被遣送回乌克兰的命运。如今，奇迹再一次上演。她告诉我们，娜斯佳可以拒绝继承债务。不过，那意味着，继承人在摆脱了死者债务的同时，也放弃了继承他留下的一切。如果娜斯佳声明放弃继承，又找不到其他愿意承担债务的继承人，比如阿希姆某次婚姻里诞生的孩子，那么他所拥有的一切都将成为德意志银行的财产。事实上，这些东西在他生前就已经属于德意志银行了，包括他藏在地下室里的整个仓库，他购置的电脑、奔驰车、抽屉里的餐具、他的壁柜和里面的上千本色情杂志。其实连阿希姆本人也属于德意志银行，只不过他的死亡结束了这种状态。

娜斯佳喜出望外。现在她连小鸡房子都用不着清理了，那甚至是不被允许的。她只需把所有的废物抛在身后，去公证处签署一份拒绝继承的声明就可以了。然后她就可以背上自己的双肩包，啪地甩上房门，直接奔向任何她想去的地方。最后她从德意志银行的财产里偷拿了一样东西，一个骷髅装饰的小沙漏，她带走了它，带走了与阿希姆这段婚姻的纪念。

我是在1992年与娜斯佳相识的，那个时候我还住在前东柏林的一栋废弃房屋里,房子背后的窗户对着一片荒地,夜里那儿会传来猫头鹰的叫声,隔壁半塌的房子里还有喜鹊穿过破碎的窗户进进出出。后来我就被赶出来了,然后被安置到了所谓的中转公寓,这些公寓当时是借助参议院补贴在柏林建起来的,针对的就是像我这样因为房子翻修而被迫搬离的租户。不少人不为所动,继续占着房子,以此抵制新的投资者和想在房产市场上捡漏的人,但在我住的那栋房子里,每个房客都顺从地搬走了。事实证明,这次不得已的搬家实际上对我来说是一件幸事。我填写了一份详细询问居住意愿的问卷,在里面的很多选项上都打了钩:三间房间、安静的位置、绿色的后院、镶木地板、阳台、高挑空、对开门,等等,总之,相对于我能承受的租金来说,这些描述只会存在于童话故事里,但当时的柏林就是一个童话世界。作为一名所谓"迁居者",我在一栋已经翻修好的房子里得到了一套符合我每一条描述的公寓,离我之前的住址不远,租金低到荒唐且十年内不得上涨。

搬家和布置新居娜斯佳都来帮忙了。她为那么多德国家庭打扫过公寓,总觉得走进那些公寓就像走进了宫殿,而现在我也住进了她眼里的宫殿。我们当时已经成了朋友,她继续为我打扫公寓,但不再打算从我这里收取报酬,不过我还是想尽办法把钱塞给她。她可以轻松地把友谊和服务分开,或者更准确地说,让这两件事十分顺畅地衔接起来。

好几年前,我把自己从一场灾难般的婚姻里解脱了出来,自此一直一个人生活。至少在离婚后的第一年里,我每天都在为恢复自由之身而庆幸,享受那种无牵无挂完全独立的幸福感。但每种欢庆都有结束的一刻,自由开始变得百无聊赖,变得越来越令人沮丧。我便时不时地萌生出换个地方住的念头,中途看过至少五十个合租公寓。有一次,我差点就搬去和一个没有工作的女人住在一起了,她参与了一个自称由各种天赋异禀的人组成的互助团体,需要找人与她分担施泰格利茨区豪华七室公寓的租金。还有一次,一个不怎么成功的女艺术家,愿意向我提供她位于小马赫诺的房子里的一整层,她用画笔描绘巴赫的音乐,靠父亲的遗产过活。像这样诱人的机会还出现过好几次,但到了最后一刻我总是下不了决心。一旦想到要布置一间新的公寓,一种挥之不去的陌生感总是涌上我的心头。住在这里还是住在那里,对我而言似乎都是偶然的、任意的,我找不到任何发自内心的理由来做决定。

现在阿希姆死了，我有两个选择：帮娜斯佳找一套小公寓，或者直接让她搬来和我同住。她已经辞去了大楼管理员的工作，彻底与小鸡房子告了别。在找到一套合适的公寓之前，她打算暂时住在姐姐那里。

我家有足够的空间容纳两个人，况且娜斯佳本身就不是一个需要很大空间的人。不过对于她接不接受搬来和我同住我还没有把握，我甚至不能确定自己是否做好了与她合住的准备，不知道我们能否如此近距离地相处，但我比以往任何时候都更加真切地感受到，我的过往又一次紧跟在了我的身后。我想逃开它，但它飞快地追了上来。看着眼前的娜斯佳，我总是回想起她第一次从我家门前的台阶走上来时的样子，一个略显拘谨、还有些小姑娘模样的女人，那是我母亲去世后第一个在德国与我面对面的乌克兰人，那个时候我似乎就已经预感到，有一天我会把她接来和自己同住，最终我会成为那个在德国向她提供庇护之所的人，尽管她实际上并不需要庇护。我敢打赌，她并没有在认真考虑自己去租一间公寓，而是打算先住在威丁区的姐姐家。虽然对她来说塔尼娅并不是一个理想的室友，但和她同住总好过独居。而我对自己也有了更清醒的认识,独居这种现代生活方式同样也不适合我。

阿希姆去世两周后,我最后一次去了小鸡房子,从那儿把娜斯佳接回了家。她带着自己的双肩包和三个大塑料袋搬进了我的公寓。我腾出了卧室,把自己的床拖到了书房,又把衣柜推到客厅和走廊之间的对开门前。我们去宜家采购了一些简单轻便的家具,她还在亚洲商店给自己挑了一款印着小鸟图案的彩色窗帘。

我们开始共同生活的第一天晚上,我准备了一道典型的德国菜:牛肉卷配红甘蓝和土豆团子。我想着要给她一个惊喜,也想让她先感受一下我们即将开始的德乌合璧的生活氛围。然而她拨弄着自己盘子上的食物,安静得有些反常,随后便把盘子从自己面前推开了。"我不喜欢吃这个。"她用一种我从未自她口中听过的冷漠而轻蔑的语气说了一句。

我顿时感觉娜斯佳从自己面前推开的不是食物而是我本人,她"不喜欢"的对象也仿佛不是那道菜而是我,态度还是那样的决绝,毫无转圜余地。坐在我对面的她成了一个陌生的女人,一个刚刚搬进了我的公寓,却突然变得面目全非的女人。按照她原来的性格,不论我做的晚餐有多么不合她的胃口，一向那么谦逊那么善解人意的她仅是出于礼貌也不会做出这样的反应。突然之间，我仿佛看到一道铁幕落在了我们之间，只是当时完全不知所措的我还没有真正意识到，"铁幕"这个比喻是多么的贴切。

我梦寐以求的"西东合集"①一直以来只是一个幻想。可能是我们共同使用的俄语营造出的一种错觉，让娜斯佳忘记了这样一个事实：我属于另一个世界，属于德国人的世界。虽然我的母亲是乌克兰人，父亲是俄罗斯人，我能说一口纯正的俄语，但我出生在德国，在这里生活了一辈子。我用德语思考，用德语做梦，用德语写书，我有一个德国人的朋友圈，我做德国菜或者一时兴起做点别的什么但绝不会做乌克兰菜。比起乌克兰人或者俄罗斯人，我更应该被看作德国人。娜斯佳一直没有真正认识到这一点，直到她不再为了工作或是为了做客，而是为了生活在这里才踏进我家的大门。她本以为自己回了家，但熟悉的公寓转眼就变成了陌生的模样。她觉得

---

①这个说法来自歌德的诗集《西东合集》。歌德晚年从波斯诗歌和东方文化中汲取灵感，创作了这部堪称东西方文学文化交流范例的抒情诗集。——译者注

它过于空旷，她也从来没有拥有过一个自己的房间。随着搬家日子的临近，她隐约感到，似乎有某种无法描述的东西正越来越沉重地压在自己的心头，而牛肉卷的出现最终使它显了形。

我想象过，生活在一个屋檐下的我们可以分享彼此的一切。我甚至相信，和她这个乌克兰人在一起，我就可以弥补童年里错过的那些东西；通过与她的联结，我就可以把长久以来外部世界从我身上割裂的东西重新在我的内心聚合，收起四分五裂，把它变成一个丰富多元的世界。但她用"不喜欢"这三个字告诉我，这一切都不会发生。我们的共同生活还没开始就已经结束了。我不知道自己到底在干什么。我惊讶于自己的天真和轻信，还有谁能比我更清楚，东西两个世界之间潜伏着的一道道鸿沟到底有多深呢。

娜斯佳默默地坐在我对面。突然间，她有了两只不一样的眼睛。一只还活着，一只已经死了。一半的脸活着，另一半没了生气。她看起来就像一只不安的幼猫，突然撞见了我，完全来不及搞清楚自己身在何处。她的劳累和疲惫显而易见。或许是在这过去的大半生里，尤其是最近几年，她着实经历了太多，她已经心力交瘁，实在鼓不起力气再去接触新的事物，这才当着我的面让这句话脱口而出。我还以为自己可以和她开始一种称得上幸福的家庭生活，现在看来，我不仅太天真，而且还相当的自我和麻木不仁。

我和娜斯佳为了她在德的新合法身份奔波了一阵子。这已经是她的第三个或者第四个身份了。她必须到警察那里重新登记、申请遗孀抚恤金、办理新的居留许可，诸如此类。直到这个时候我才真正体会到，与各个政府部门打交道对她来说究竟是怎样一种折磨。除去语言障碍的原因，曾经生活在独裁统治下的她对国家机关有着发自内心的恐惧。在她的眼睛里，我曾经看见过我母亲的那份乡愁，现在我又看到了属于我母亲的那种恐惧。她们之间相隔了半个世纪，但她的眼神告诉我，她们分享的恐惧是同一种。面对某个机关的专权，个人是完全无力抵抗的，只能任由它摆布。它拥有最终的裁定权，在它面前只要活着，只要还在呼吸就有罪，能被它允许苟活在这个世上，就已经该对它感恩戴德了。

跑一趟机关对于娜斯佳来说就如同探龙潭虎穴，还没等到约定的日期，她就病倒了。她感到冷，浑身发抖，什么也吃不下。她总是用一种私人化的立场来看待自己与机关之间的关系，她坚信，机关也是这么看待她的。她常常花好几个小时去揣测机关对自己的看法和印象，绞尽脑汁琢磨他们会向她询问什么、她该说什么、最好不要说什么。我没有办法说服她，德国和乌克兰以及苏联是不一样的，一个德国的政府部门并不拥有那样的权力。连她之前在与德国法律系统周旋中获得的神奇体验也无法减轻她的恐惧半分。

每次陪她办手续，我都会回想起自己童年的遭遇。我父母去这些地方的时候也总会带上我，让我充当翻译，尽管那个时候我几乎完全搞不懂那些德国官员或是警察究竟在说些什么。每次母亲走出那些办公室，我总能看到她在流眼泪，我不知道缘由，只知道她每次从那些地方回来都比先前更加崩溃，更加绝望。我的过往以一种我从未想象过的方式再一次追上了我的脚步。娜斯佳教我学会了恐惧。我以为早已远远抛在身后的一切，我父母眼中的恐惧、他们的孤立无援、他们那种无所适从任人摆布的感觉，现在全都穿过另一扇门又绕到了我的面前。我的人生仿佛在一个环形的轨道上，通过娜斯佳我又回到了过往的阴影里，回到了童年时无处不在的恐惧中。

我理所当然地认为娜斯佳会和我一起吃饭,我也做好了负责一日三餐的准备。我想让她在结束了劳累的工作后,一回到家就能看到桌上摆好的晚餐。我以为,像她这样一个永远忙着照顾他人、永远为他人服务的人,偶尔享受一下被照顾的感觉,总是件令人欣慰的事。再说做饭对于整天坐在写字桌前的我来说,也是一种愉悦而有效的调剂。但事实上,娜斯佳不愿意和我吃一样的东西,她根本不需要我为她做饭。她已经受够了我的善举,不想再在任何一点上去迎合什么人,她想要的是自由自在,只要她那有限的语言知识够用,她就要把自己从她的仙女教母手里解放出来。再说,对于一个大半辈子都生活在极度匮乏中的人来说,别人的善意很快就会超过她的承受限度,到了某个时刻她就不得不出于一种自我保护而拒绝这份善意,以此挽救岌岌可危的自我定位。

不仅如此,她的拒绝已经从牛肉卷扩大到了整个非乌克兰美食。在我的竭力劝说下,她尝过我给自己做的希腊焗面条配羊奶酪或者是亚洲姜汁烧鸡,但她每次都扯着嘴角艰难地咀嚼着,似乎费了很大劲才能克制住把嘴里的东西吐出来的冲动。她也不喜欢水果和蔬菜，这些都不是她在乌克兰习以为常的食物。实际上她几乎就没有什么喜欢吃的东西，唯一能给她带来味觉享受的来自德国的馈赠就是她心爱的覆盆子，这种在乌克兰只有夏天才能吃到的水果，全年都能在这里的冰柜里找到。

每天晚上，我的公寓里就会出现一幅颇为古怪的画面：两个合住的不再年轻了的妇女，并肩站在厨房里，各做各的晚饭，然后坐到同一张餐桌上各吃各的。娜斯佳总是喝她那稀得和水一样的汤，汤里的主角一年四季都是白菜。要么她就用从俄罗斯商店买来的培根煎两个鸡蛋。她还在那里买了盐渍鲱鱼，拿回家在水里泡一天，然后配着洋葱和俄罗斯面包一起吃。有时候她的主食干脆就是几勺拌着谷粒的俄罗斯酸奶酪混合白糖和高温杀菌奶。她就那么坐在自己的猫食盘前，一只眼睛透着生气，一只眼睛死气沉沉，一言不发，心不在焉，俨然一个愁眉苦脸、营养不良的孩子，碰巧和我一同误入了德国这个无比陌生的异国他乡。

她没少诅咒乌克兰那种强制的集体生活，她还记得他们曾经像家兔一样挤作一团，可是与之相比，拥有一个独立的房间对她来说似乎是一种更大的苛求。除了睡觉，她从来不会一个人待在自己的房间里。吃完晚饭，她就会打开客厅的电视，盘腿坐在扶手椅里。电视里播放的自然也是她无法理解的德语节目，但它们至少向她展示了一幅幅画面，还在空荡荡的宽敞房间里制造出了各种声响。如果没有电视，她那种无所适从感只会更加强烈。我坐在隔壁书房的电脑前，隔着走廊的门和门前的大衣柜还总能听到她的哈欠和叹息，一遍又一遍。这些哈欠声和叹息声几乎让我生理性地分担了无聊对她的折磨，唤起了我内心的负疚感，因为我每天晚上都坐在书房忙自己的事。也许她以为我们会和之前的很多次见面一样，在我的公寓里一聊就是好几个小时，一边喝着红酒一边一支接着一支地抽烟，或者一起在城里闲逛，甚至开车去野外。娜斯佳尤其喜欢去郊外，在基辅的时候她就住在第聂伯河畔，现在却几乎回想不起一片草地和一块河面的样子了。

现在她终于发现，晚上她在家的时候，恰恰是我工作最投入的时刻，自然也就没有工夫来与她做伴了。这可能非常扫她的兴，就像我看到她拒绝品尝我做的牛肉卷一样。有时候我也会放下手头的工作，坐到她的床边，和她一直聊到深夜。那时我们就会忘记所有的不快，重新结成亲密的盟友，恢复成像以前一样的好姐妹。当然我也会挑她休假的周末和她一起去郊游，最吸引我们的就是仍然野趣十足的勃兰登堡风光。

但大多数时候她只能自己想办法打发时间了。可缺了别人的陪伴，她什么都做不了。除了读书，她不知道还有什么是一个人可以干的。除了她的亲戚和安德烈，她不认识任何能与她相聚的人，她在柏林的这些年里从未结下任何一段友谊。如果不想在德国电视节目前度过乏味的夜晚，她就只能去看望自己的姐姐塔尼娅，但和姐姐在一起的时候她依然无事可做，到头来只能一起看电视。

自从罗曼的第二任妻子柳芭因癌去世后，娜斯佳往基辅跑的次数就多了起来。最近的一次，我把她送到了利希滕贝格火车站。站在这个柏林车站的站台上就仿佛已经身处乌克兰了。离开往敖德萨火车的预定出发时间还有一个小时，周围就已经听不到一个德语单词了。车站商店的货架被洗劫一空，所有的行李车都被推走了，自动扶梯全都不堪重负，眼看着就要被人流压垮，长长的列车前挤满了乘客，仿佛一场集体大逃亡。电视机、电冰箱、洗衣机、沙发，几乎半个家都被当成手提行李塞进了狭小的卧铺车厢。他们怎么还能在车厢里找到空隙把自己塞进去，简直是一个谜。

娜斯佳在登上列车找到自己预订的座位之前，得先向列车乘务员出示车票。乘务员的视线从票上移到了娜斯佳脸上，又移了回去，如此往复两三次，似乎在怀疑她是否是这张票的合法持有人，然后他果断地摇了下头，说道：请跟我来！娜斯佳顿时脸色煞白，仿佛对方说的是"您被捕了"，她一个字都没有辩解，只是顺从地跟在这个穿着制服的男人后面。他看起来如此高大，娜斯佳背着那只从不离身的双肩包走在他身旁，就像一只母鸡跟着一只鸵鸟。

事实证明，这位乘务员并无恶意，恰恰相反，他把她带到了一个没有人的车厢里，让她独享这个舒适的空间直到目的地。为什么这趟拥挤不堪的火车上有这么一个空无一人的车厢？为什么这个男人偏偏把这个车厢提供给了她？娜斯佳的斯拉夫头脑百思不得其解，但对她来说，这段旅程反而变成了一种折磨，她这辈子还从来没有连续独处过二十八个小时。窗外是一片片了无生趣的森林和田野，零零星星的破败木屋时不时地从中闪现。

望着这些，她竟有种被逮捕的感觉。她羡慕其他车厢里挤挤挨挨睡在一起的乘客，他们躺在两个板条箱的缝隙里，甜蜜地嵌在旅人的命运共同体当中。但她不敢违逆那位乘务员的好意跑回自己预订的座位。她发挥了坚韧不拔的精神忍耐到了基辅，但从那以后她就不再坐火车出行了，只坐飞机。当时的一张机票对于她来说是相当大的一笔开销，而她一直都是一个对待每一欧元都小心翼翼的人。

我的公寓对她来说，可能就和那节车厢一样。她完全可以在俄罗斯人-乌克兰人的社群里建立起新的联系，完全可以认识很多新朋友，但她连尝试一下的想法都没有。我也不会像阿希姆那样禁止她把亲朋好友邀请到家里来，正相反，我劝说过她很多次要她带朋友来，但她从来不听。她会时不时地约安德烈一起散步，但她似乎也不太关心这位因为全身心地投入与毒品的斗争而快保不住自己婚姻的基辅老友。对女儿和外孙的担忧占据了她的整颗心，世界上仿佛只有这两个人才是她真正在意的。

晚上，她通常会对着德语电视节目百无聊赖地消磨一会儿时间，然后在回卧室睡觉之前，来我的房间和我道晚安。她穿着从一元店买来的短睡衣站在门口，刚刚用牙线仔仔细细地清洁了牙齿，冰糖色的头发在头上扎成了一个有趣的丸子头。她总是一边和我聊天一边在被清洁剂伤了皮肤的手上涂抹护手霜，不紧不慢地、彻彻底底地揉搓着每一根手指。而她的书正在枕头上等待着她，即将陪伴她度过入睡前的时光。和以前一样，她办了一张国家图书馆的外借卡，一本接一本地从那里借阅翻译成俄语的现代德语文学作品。她觉得这些俄语译本里的德国与她所生活的德国完全不同。她入迷地从玛伦·豪斯霍夫、克里斯塔·沃尔夫读到史登·拿多尼、帕特里克·聚斯金德，时常充满激情地与我分享自己的阅读感想。每天晚上一到九十点钟，她就会趴在床上，用瘦弱的双手托着顶着丸子头的脑袋，沉浸在一本摊开的书里：那是一个敞开的世界，她可以任由自己徜徉其中，快乐地忘却自我。

渴望接触、渴望交流的娜斯佳也有另外一面，她自称为"流浪者"的一面。在基辅的时候她就会见缝插针地把自己从日常的家庭生活里抽离出来，独自跑到没有人认识她的街上游荡。现在她也会一声不吭地直接消失几个小时,我就知道她又去城市里的钢筋水泥丛林里漫游了。这和那种德国式的散步完全不同,我这样一个出生在俄罗斯－乌克兰家庭的孩子也并不熟悉他们的散步方式。那是德国孩子的特权。他们穿着礼拜天的盛装跟随着父母在田园小镇的主干道上漫步,偶尔还能走进一家咖啡馆,享用那里的冰淇淋和蛋糕。

娜斯佳的出游完全是另一回事。她追随的是内心对野性、对独处的渴望,就好像暂时从一只家猫变成了一只桀骜不驯的流浪猫。我有时会想,其实她根本不需要一个住处,至少在夏天里是这样。她可以睡在草地上,或者在某张长凳上过夜。不过她极度害怕打雷,这可能是她唯一需要克服的障碍。每到雷电交加的时候,她就会变成一个瑟瑟发抖的孩子,或是一个把打雷看成天神震怒的原始人。屋顶上的避雷针也不能让她放下心来。有一次她干脆躲到了床底下,直到猛烈的雷雨彻底过去才从那儿爬出来。

在一起生活的时间越长,我们之间暴露出来的问题也就越多。她的格格不入甚至也感染到了我,让我在自己的公寓里也找不到家的感觉了。一开始我们尝试着用德语交流,但这些尝试很快就都以失败告终。她为了顾及我的感受勉为其难地学了德语，但转头就把学的东西忘得一干二净。她甚至连我们住的那条街的名字也读不对，哪天她要是走丢了，兴许连自己的住址也说不清楚。面对德语这种旋律，她的耳朵如同失去了听觉，她没有办法给自己内心的乐器重新调音，它只会演奏俄语的调子，哪怕切换成德语也无济于事。打个比方，她就像是在大提琴上弹钢琴。

她其实很受大家欢迎，我的德国朋友们也都对她很有好感，十分愿意亲近她，但这种意愿并不是双向的。每当有人来拜访我们，她就会立刻逃得不见踪影。她不想去碰我端上餐桌的食物，她时刻为自己糟糕的德语感到羞耻，而我一旦对她的闭口不言表现出一丝急躁和不耐烦，她就更加战战兢兢了。她怪自己太笨，她说阿希姆叫她"乌克兰木头脑袋"真是一点儿都没错，这些话倒是让我气不打一处来。她宁愿相信阿希姆的话，固执地不愿承认自己对德国的一切心怀芥蒂，却使我心怀歉疚地在自己身上寻找原因。我恳求她在有客来访的时候至少留在她的房间里，我向她保证没有人会来开她的门，我还建议她再买一台可以收到俄罗斯频道的电视机放在自己房间里，但所有这些提议她都不予理会。一旦有一个说德语的人踏进我家的大门,她就会立刻抓起自己的双肩包离开公寓。

最后,我成了那个被赶出公寓的人。如果想见朋友,我就会到对方家里去,或者约在咖啡馆见面。一想到娜斯佳为了打发时间在黑暗的街道上漫无目的地闲逛,有时甚至直到凌晨两点才浑身湿透瑟瑟发抖地回到家里,我还怎么舒舒服服地坐在家里和朋友相谈甚欢呢。

我们会反复因为语言的问题陷入争论,尽管我知道问题的关键根本不在语言。娜斯佳的拒绝只是一种自我保护,对于这种症状我再熟悉不过了,它的背后是一种似乎无法根除的"斯拉夫病症",病根就是那种一与西边的一切面对面就会产生的无药可救的自卑情结,尤其是在德国人面前。在国家社会主义的种族等级制度里,乌克兰民族被认为是所有斯拉夫人中最劣等的民族,削减乌克兰人口属于希特勒为雅利安优等民族拓展生存空间的步骤之一。只有那些适合被日耳曼化或者能充当德国人奴仆和家畜的斯拉夫人才能留下来。我不知道娜斯佳是否听说过这些论调,不过撇开这些纳粹言论,斯拉夫民族那种无言的谦卑和自我价值的缺失感,其实深深地根植于这个向来受奴役的国家的历史之中,一早就被他们的祖先放进了所有人的摇篮。是它们驱使娜斯佳从所有那些自由、开明、民主、得体、所知甚广、会说多种语言、充满自信的人们面前逃走。他们对她都十分友善，但她只在他们身上看到了与自己截然相反的一面。用她自己的话来说，她确信，"乌克兰猪圈"的气味附着在自己身上挥之不去，这种气味来自一个黑暗、悲惨、无情的世界，在这个世界里，从来没有宽容、开明、多元之类的字眼，或者只是被人当成西方的虚伪说辞而受到嘲笑。在这个世界里，必须不惜一切代价保持一致，每个人手里都挥动着大棒过日子。她到达不了西边。那条鸿沟实在难以跨越。即使在我的公寓里她也只拥有一个自己的"小角落"，就像之前在阿希姆的公寓里一样，她总是把自己看作一个接受施舍的人，一个被容忍的人，她永远无法像我希望的那样成为与我完全平等的室友。

有时候我会叫她"我的睡美人"。在德国，我们习惯于追问自己的出身、父母、童年、个性，我们去找心理治疗师，发掘关于自己的蛛丝马迹，探索作为个体的自我，驱散那些笼罩在我们心头的阴影。所有这一切对娜斯佳来说都是陌生的。在他们的眼里，人类是由无法改变的基因所支配的生物。她被灌输的是"心理学是资产阶级学科"的论调,她不相信它会对人有什么帮助。她坚信,所有的灾祸都来自外部,来自那些握有权力的人,因为无论是谁,不管是在顺境中还是逆境中,都在他们的摆布之下。这就是她在自己国家的切身体验,那儿的人们咒骂着国家政权,同时又无意识地对权力抱有非理性的深深信仰。在这种集体的无意识中,他们的灵魂也仿佛在大我那永远不会松开的拥抱中,和他们狠心的母亲乌克兰一起沉入了睡美人的长眠。

最让我们心情舒畅的事,是去城外郊游,比如在施普雷森林里或者在梅克伦堡湖区徒步。我们在迷人的风景里流连好几个小时,沿途经过草地、田野和河道,穿过似乎仍旧停留在上个世纪的城镇,看着花园里的树木把挂满梨子或是苹果的树枝伸出栅栏。我们坐在寂静的森林湖泊旁歇脚,看着光与影在碧绿的湖水上舞动,我们偶尔也会遇到雷雨,或者不得不踩着倒下的树干走过沼泽。傍晚时分,我们仿佛结束了一场漫长的旅程,吸饱了新鲜的空气一般,陶醉在那种微醺的感觉里。

有一次,我们在去选帝侯大街的路上经过了娜斯佳和阿希姆之前居住的街区。办公楼前的那家老式酒店还在,就是把后厨的油烟味直接吹进娜斯佳梦乡的那家酒店，只不过它已经变成了她不认识的样子。现在它有了个英语别名，看起来就和弗里德里希大街或者波茨坦广场上其他新建的装着巨大玻璃窗的豪华酒店一样。后院的门上了锁，我们没法进去查看小鸡房子还在不在那里。不过我们万万没想到的是，竟然在这里看到了阿希姆的奔驰车。它还在原地，还在阿希姆最后停放它的位置，就好像时间只过去了一天，好像阿希姆下一刻就会从屋子里走出来，检查他心爱的汽车，身上仍旧套着那层黑色的皮。就连警察也展示出了足够的敬意，竟然没有把这具无主的残骸直接拖走，要知道它可是在这条繁忙的街道上停泊了两年，还占据着人人垂涎的停车位。经历了一个个季节的风吹雨打，它的轮胎瘪了，半趴在地上，散热器格栅上的幸运马蹄铁和瓢虫都生了锈，它就像一个幽灵，阿希姆不死的核心部件。不过他的继承者，也就是德意志银行，显然对它毫无兴趣。我本来极力建议娜斯佳卖掉这辆车，我跟她说，出了任何事都由我来承担，但娜斯佳一想到又有可能成为德国司法系统的目标，就感到极度恐慌。现在，她看到至少三千马克就这样在路边腐朽成了一堆破烂，十分可惜，这笔钱够一个乌克兰人生活一年或者更长时间了。和它一样渐渐朽烂的，还有阿希姆在小鸡房子里的全部遗产，那些记录着他十一次婚姻的文件夹或许也在里面，布谷鸟每隔一刻钟还会从它的黑森林小屋子里跳出来报时，而阿希姆和他那些同样来自柏林的兄弟姐妹已经长眠在了那位"老妈妈"的身边，超然于这时间之外了。

作为德国人的遗孀，娜斯佳现在拥有了永久居留许可。她那灾难般的婚姻最终给她留下的遗孀抚恤金折合成新德国货币价值七百欧元，再加上她做清洁工作的收入，每个月她都可以往乌克兰寄一大笔钱。而她自己仍旧几乎没有任何开支。我从没见过像她这样无欲无求的人。她只有两双鞋，一双夏天，一双冬天，还有两条牛仔裤，一整年替换着，她最贵的衣服就是一件用来御寒的羽绒上衣，穿着它她才第一次在冬日的街头不再感到寒冷。此外，她的必备品就剩下咖啡、香烟和她的书了。一道彩虹或者一次日落就能让她心醉神迷，但消费世界的吸引力多年以来都无法动摇她半分。

连德国的医学对娜斯佳来说也毫无意义，尽管它那传奇般的名声早就传到了东边世界。她根本就不需要看医生，也完全不相信医学。除了一些小孩子躲不过的疾病，还有年轻时因为一次眩晕症导致的右耳失聪（所以在大街上我总是走在她的左边，不然她就听不到我说话），她一直都非常健康。唯一困扰她的是低血压，但她每天用高浓度的黑咖啡来应对这个问题。早上洗完冷水澡做些轻松的体操，是她保持了大半辈子的习惯。她的身体似乎也不用承受多少负担，因为她只喂给它最低限度的食物，而它对那些单调的、说不上有多健康的食物也并没有什么意见，就像它丝毫不介意她一支接一支地抽烟。而那渐长的年岁到目前为止也几乎没给她设置过任何限制。她继续在基辅郊外的度假屋花园里爬树摘苹果和樱桃，她可以倒立好几分钟，还能侧手翻。她不像大多数人那样向右手边翻，而是向左手边，因为她是左撇子，她用左手的习惯在苏联学校里一直没有被矫正过来，为此她没少受惩罚，因为那里不能容忍任何偏离规范的行为。她的父母都是药剂师，但她在过去的大半辈子里连一片头痛药都没吃过，也从没有让当医生的前夫为自己诊治过什么病症。我相信，在相当遥远的某一天，她也会像自己的母亲一样毫无病痛地死去。当时她的母亲已经超过九十岁了，她是坐在基辅女儿家里的沙发上慢慢地、安详地过世的，此时的娜斯佳四十岁，看来她小时候对母亲寿命的担忧毫无必要。

圣诞节又到了。娜斯佳从不庆祝任何德国节日,和我的父母如出一辙,所以我小时候一到圣诞节总是沉浸在无尽的悲伤里。当时我们生活在一个专为所谓流离失所者建的营地里。"流离失所者",这个称呼专指战争结束后被释放的第三帝国强制劳工。每当我一个人跌跌撞撞地走在结了霜的没有路灯的街道上,抬头看见别人家窗户背后被装饰得满满当当闪闪发光的圣诞树时,那种被整个德语世界抛弃的感觉比任何时候都要强烈。

如今,我早已对当下的圣诞节消费狂欢嗤之以鼻,完全没有兴趣参与其中,但每到12月24日,童年的陈旧悲伤还是会悄然而至。离婚后的这些年里,这一天我总是独自度过,因为我所有的朋友在这个日子里都有各自的家庭义务。尽管我有过两次婚姻,但我从来没有真正履行过这些义务,尤其是我从未扮演过母亲的角色。我本来打算和娜斯佳一起在花瓶里插几根松枝,再做一只圣诞节烤鹅,但事实证明这只是我的一厢情愿。到了圣诞节这天,娜斯佳似乎也忧心忡忡,尽管这一天对她来说没有任何特别,因为乌克兰的圣诞节是根据儒略历庆祝的，比德国晚了整整两周。但她只是躲在一本书后面，一言不发。她的右眼又失去了所有的生气。

我从来没有烤过饼干，烘焙向来不是我的专长，但今年的圣诞节我决定尝试一下。平安夜这天，我把一盘烤得相当成功的肉桂星星饼干端上了桌，用来搭配我们分头吃完饭之后一起喝的热茶。娜斯佳用尖尖的手指捏起一块饼干，咬了一小口，立刻把剩下的放回了盘子。她的整张脸扭成一团，就像刚刚吞下的不是饼干而是毒药。我猛地站起来，披上了挂在走廊里的外套，在身后甩上了房门。

空荡荡的街道上，鲜艳的圣诞节装饰在家家户户的窗户和阳台上熠熠生辉，我从来没有在别的城市见过如此华美盛大的节日景象。我朝着俄罗斯朋友莱娜的公寓走去，她就住在隔壁街，今年没去黑森林的公婆家过节，而是打算往节日五花八门的庆祝派对里再添一场，并且也给我发了邀请。莱娜当初是作为交换生从莫斯科来到东德的，意外地经历了柏林墙的倒塌，遇到了她的德国丈夫，最后留了下来。她几乎是娜斯佳的反面：她能说一口流利的德语，在柏林生活得和在家里一样自在。她在一家德俄合资的电影公司工作，还在一个德国妇女组织里担任志愿者，与她在莫斯科的大家庭也关系密切，并且拥有一大群德国朋友。她的两个孩子都是在双语环境中长大的。他们的家庭聚会上总是集结了不同背景的客人：基督徒、犹太人、无神论者、西德人、东德人、俄罗斯人、波兰人、法国人，等等。桌面上摆满了他们带来的各式菜肴，而莱娜最常做的是乌兹别克手抓饭和俄罗斯苹果海绵蛋糕。我们在派对上齐声唱了几首歌之后，还有客人自告奋勇一展歌喉，一对年轻的波兰夫妇合唱了一首打动人心的圣母之歌，一个戴眼镜的小个子俄罗斯姑娘出人意料地用浑厚、沙哑的声音完美演绎了亚历山大·维尔金斯基那首极具感染力的《香蕉柠檬新加坡》。在庆祝接近尾声的时候，大家和往常一样，随着狂野的巴尔干摇滚乐尽情地舞动了起来。

我认识的所有人里，只有莱娜成功地同时生活在东方和西方世界。她日复一日地做着这个几乎不可能完成的高难度劈叉动作，简直是解开了化圆为方的千古难题。她从不以自我保护的名义封闭自己，也从不害怕触及自己的痛处，她愿意去认识，愿意去理解，她想把这两个世界融入自己的新陈代谢之中，乐于亲口品尝这种融合产生的神奇效果。也是在1992年，我们在焕然一新的柏林初次相识，莱娜为我一个在莫斯科的俄罗斯朋友捎来一封信，我们的友谊就这样开始了。很快，我就在她的身上看到了我梦想中的那种"西东合集"，也就是我希望可以同样在娜斯佳身上看到的变化。我们每次见面总会聊到德语世界俄语世界的话题，或早或晚，常常一发不可收地深谈到夜半。莱娜思维极其敏锐，什么也逃不过她的犀利分析，为此她过去在俄罗斯的朋友圈里赢得了一个"解剖刀"的绰号。我们两个，莱娜和我，是真正理解对方的，至少没有人比她更了解我这一生在这两个世界之间的来回摆荡。

那晚，我回到家里已是深夜，带着些醉意的我心情相当舒畅。娜斯佳的房间已经熄了灯，把她一个人丢在家里还是让我有些歉疚。要不是肉桂星星饼干和圣诞节，我们本可以舒舒服服地坐在一起，就着热茶共同度过一天里最愉快的晚间时光。虽然她迫不得已地在自己周围筑起了一道道的保护墙，但还是敞开心扉接纳了我，与我结下了坚实可靠的友谊。她既不精通协调的技艺，也没有掌握应对的技巧，她与人相处时依凭的与其说是理性，不如说是灵魂和直觉。她总是直来直往，不加掩饰，有时她对我说一些我的德国朋友不会说出口的话，虽然听起来不那么容易接受，但我知道，她心里并没有怀揣什么不为人知的怨恨，也丝毫没有别的用心。她非常擅长讽刺和幽默，常常用它为我驱散心头的忧虑，而且她也愿意听我倾诉，从没流露出一丝厌烦和疲倦，就好像她为此在内心预留了无限的空间。我经常批评她，挑剔她身上的这些那些，她却能接受我本来的样子，毫无怨气地包容我内心的巨大不安、我的各种多愁善感、我的自私自利、我不断的写作危机和意志消沉，在任何情况下都忠诚地站在我这一边。之前有段时间，我的书卖得很不理想，新手稿还被所有出版商拒之门外，我感觉自己几乎陷入了绝境。这个时候，已经养活了半个乌克兰的她又一次挺身而出，说她可以"养活我"，可惜她不知道德国与乌克兰的区别，在这里，即便是过极其简朴的生活，固定开销也相当惊人，食品开支反倒是预算中占比最小的。

她一如既往地为我打扫公寓、清洗餐具、去邮局寄信、成百上千次地为我弯腰，因为从南普法尔茨搬到柏林后我的腰椎就差不多完全毁了。她替我采购，为我处理几乎所有的日常事务。她默默地做着这一切，好像完全理所应当。被人需要对她来说是生活的必需，她的快乐来源于此，正是通过这一项项工作她才把自己从无聊中解脱出来。

为了增加些收入，我接了一个翻译的活儿，把一本以苏联时期为背景的俄语小说翻译成德语。娜斯佳作为这个时代的见证者帮了我大忙，她对勃列日涅夫时代日常生活的细节了如指掌，能从作者那些悲喜交加的童年故事里听出最微妙的暗示。每天晚上，等她回到家，我就会把白天收集起来的问题一一向她请教。这可能是我们一起度过的最美好的时光了。娜斯佳终于有机会向别人展示把浴缸擦得锃亮或者把床铺得一丝不苟之外的能力。她带我潜入了属于她的世界，带我在她的世界里遨游，整个人都焕发出了光彩，她终于握住了语言的权杖。她了解一个二十世纪七十年代生活在莫斯科的小男孩生活中的每一个细节——从他每天早上用勺子舀着喝的稀粥，到他祖母嘴里的民间咒骂和他身上穿的羊毛紧身裤。在这一刻，她是施予者，是知情者，她拥有我所需要的东西，而我心怀感激地接受了她的赠予。而且，这个俄罗斯故事是用一种令人叫绝的狡黠而幽默的口吻讲述的，经常读得我们捧腹大笑，里面的许多说法已经成了我们日常对话中的经典包袱。

把我联系得更加紧密的除了共同的文学爱好,还有对音乐的热爱。我们最喜欢一起在 YouTube 上的音乐丛林里到处点击。娜斯佳从小就疯狂迷恋声名远播乌克兰的"猫王"埃尔维斯·普雷斯利,现在她又认识了许多新的西方流行歌手,对西蒙和加芬克尔、伊娃·卡斯迪和奥地利的阿尔卑斯山摇滚歌手胡伯特·冯·戈伊森(Hubert von Goisern)尤其着迷,后者那烟花般灿烂的约德尔表演令她心醉神迷。

但大多数时候我们不会在流行乐上流连很长时间,而是很快转向古典乐。她喜欢听贝多芬的第五钢琴协奏曲、舒伯特的即兴曲和肖邦的前奏曲。叶夫根尼·基辛、阿图尔·鲁宾斯坦、伊扎克·帕尔曼等技艺非凡的音乐大师们伴我们度过了一个又一个夜晚。我对歌剧,对人声这种最原始乐器的痴迷也渐渐影响了娜斯佳。文森佐·贝利尼的美声唱法以及《游移的月亮》《圣洁女神》《为了你,噢!亲爱的你》等咏叹调是最能打动她的。我们聆听卡拉斯、恩里科·卡鲁索、雷娜塔·苔巴尔迪、特雷莎·贝尔冈扎、弗兰克·科莱里、鲁契亚诺·帕瓦罗蒂等所有歌剧男神女神的歌声时,世间万物似乎都为我们静止了。我们长久地沉醉其中，我们之间的所有分歧都在音乐中弥合。这些歌声仿佛知道我们从哪里来，要到哪里去，它们掌握着所有的秘密，它们能够回答那个永恒的问题："为什么？"这些声音才是唯一不会逝去的东西，哪怕一切都已消散，地球、星群、我们的银河系和我们自己，它们仍旧回荡在空旷的宇宙里，回荡在虚无之中。它们是我们消亡后的遗存，所有的讯息都包含其中，关于我们，关于美，关于渴望，关于人类这个物种的失落。

不知从什么时候起，我们全都迷上了俄罗斯男中音歌手德米特里·赫沃罗斯托夫斯基。他是从西伯利亚克拉斯诺亚尔斯克的一栋板式装配楼里走出来的，在当地的歌剧院首次登台亮相，然后在1989年的顶级赛事"BBC卡迪夫世界声乐大赛"中获得冠军，从此名扬世界。他的歌声不仅让世界各地的俄罗斯音乐发烧友都为之倾倒，他还被全世界公认为当时最伟大的男中音歌唱家之一。他生着一头银发，微笑中闪耀着天赋的光芒，举手投足宛若一位魅力超凡、精力充沛的音乐帝王。他的身上完美融合了俄罗斯农夫的温暖和叶甫盖尼·奥涅金的冷酷，融合了最为深沉的忧郁和极富感染力的生活热情，用他自己的话来说，他既是大胆的莽汉也是羞怯的乡下人，他对围绕着自身的光环和人们向他展示的极度崇拜永不知足，同时又流露出显而易见的厌恶。

他的第一任妻子是一名俄罗斯芭蕾舞演员，后来与他一同频繁出现在媒体上的是他的第二任妻子，某本光鲜杂志上的瑞士美人，一个脸上永远挂着牢不可破的迷人微笑的女人。他定居伦敦之后，也常常回到俄罗斯演出，他说那里有他真正的观众，与富丽堂皇的纽约大都会歌剧院相比，克拉斯诺亚尔斯克简朴的歌剧院更贴近他。我们好几次聆听他的歌声直到晨光熹微，我们带着他和他的声音进入梦乡，而几个小时后娜斯佳就又要离开床榻赶赴地铁。他是我们共同的爱人，共同的秘密，这个男人在我们这样两个青春已逝的女人身上，最后一次唤醒了那种凡俗之人对于不朽的浪漫向往。

但我们没有料到，他竟然衰朽得如此迅速。我们本该先于他遭遇死亡，但死神没有带走我们，而是带走了他——一个处于事业巅峰的歌唱家，俊美，富有，受人爱戴，还是四个孩子的父亲，最小的一个不过十岁。一夜之间，他患有脑瘤的消息不胫而走，所有公开活动全部取消。那个时候娜斯佳已经从我家搬了出去，但我们还是通过网络一起关注着他的陨落。经过一轮放疗后，他重新登上了大都会歌剧院的舞台，饰演威尔第歌剧《茶花女》中的乔治·阿尔芒一角，在演出的最后，他沐浴在铺天盖地的白玫瑰中，几乎被花瓣淹没。此后他再次从公众视野消失，一连几个月都被一种可怕的寂静所笼罩。他的最后一次公开亮相是在叶尼塞河畔的家乡舞台上。观众面前站着一个衰老的、被病魔摧垮的男人，手臂上缠着绷带，行动也受到了严重的阻碍。这是一位即将陨落的神祇最后一次显现在他的崇拜者面前。他的声音几乎枯竭了，但他获得的掌声比以往任何时候都要热烈。掌声久久不绝，一直伴随着他唱完临别之曲《黑色的眼睛》。这是一首举世闻名的俄罗斯常青名曲，讲述了宿命般的致命爱情。不久之后，有报道称他在伦敦的一家临终关怀医院去世。他的一半骨灰被安葬在了莫斯科著名的新圣女公墓，与费多尔·夏里亚宾的坟墓比邻，而另一半被送回了他的家乡克拉斯诺亚尔斯克。

冬天是娜斯佳最不喜欢的季节。每天晚上，冻得双手失去知觉的她一回到家里，就会立刻脱下外套紧紧靠在暖气片上。阴暗、潮湿、寒冷的冬日令她备受折磨，也让始终笼罩着她的忧虑变得更加浓稠。她承受着各种恐惧，而她最大的噩梦永远围绕着两个人，身在乌克兰的外孙斯拉瓦和漂泊在荷兰的女儿维卡。她沉浸在恐惧中什么也做不了，最坏的想象在她的身后紧追不舍，她眼看着维卡或者斯拉瓦陷入危险自己却无能为力。我一直没有办法想象，她在这种情况下是怎么说服自己把外孙留在基辅的，尽管她知道罗曼会悉心照料他，但他已经没有了母亲和父亲，眼看着又要失去外祖母的保护和照顾。当时她一定是走投无路了。

像乌克兰这样动荡和混乱的国家，平日里便潜伏着大大小小的危险，娜斯佳最害怕的是斯拉瓦染上什么病。虽然他外公就是医生，但在乌克兰的医疗条件下，医生能做的实在有限，关乎性命的急救药品无处可寻，医院卫生条件一言难尽，有时甚至没有足够的医用敷料来为接受手术的病人包扎伤口，家人们把病人送进医院甚至不敢再奢望接他们回家。另外，斯拉瓦已经快到服兵役的年龄了，乌克兰军队也是个能把人彻底毁掉的地方。为了让自己符合征兵条件的儿子逃脱国家的控制，很多人躲去了乡下，不敢接电话，也不敢应门铃。虽然斯拉瓦距离到征兵年龄还有两年，但娜斯佳已经开始绞尽脑汁琢磨，怎么才能把他从军队里救出来。

她习惯每星期往基辅打一次电话，常常打电话的前一晚就没法安睡。接下来的整个白天，不管是在给地毯吸尘还是在擦水龙头，她的脑子里永远只盘旋着一件事，那就是晚上会在电话里听到怎样的消息。熬完这一天回到家，她总是脸色苍白，浑身止不住地发抖。

在五月里一个阴冷的雨天，她最可怕的噩梦变成了现实。她女儿的一个朋友把电话打到了基辅，她告诉罗曼，维卡因为肠梗阻住进了医院。剧烈的疼痛其实已经折磨了她很长时间，但她一直没去看医生，因为她害怕自己的非法入境身份会因此而暴露。眼下她已经接受了紧急手术，但出现了急性全身性感染，医生认为她的生存几率很有限。

罗曼还没来得及询问维卡住在哪家医院，以及怎么与这位朋友保持联系，对方就已经挂断了电话。他的手机没有号码存储功能。娜斯佳也没有女儿的地址，她甚至都不知道她住在荷兰的什么地方。上一次维卡从阿姆斯特丹打来电话，已经是几个月之前的事了。她在电话里第一次提起自己不太乐观的生活境况。她白天在鱼市里给摊主打杂，晚上在酒吧当服务员，不过她承诺，很快就能把儿子的生活费寄回乌克兰。

如果是斯拉瓦病了，娜斯佳至少还可以立即前往基辅，但这次是她的女儿，她现在要到荷兰的哪家医院去寻找女儿呢？唯一的希望就寄托在向罗曼透露这个消息的朋友身上。娜斯佳束手无策，她能做的就只有等待。她整个人蜷缩在我放在飘窗下的那张又大又旧的扶手椅里，身上的每一丝活力仿佛都被抽干了，就连头发也似乎因恐惧而凝固了。最折磨她的是什么也做不了，只能坐着、等待和希望，她甚至不确定，除了那个不知名的来电者，在荷兰是否还有别人知道女儿的情况。坐在扶手椅里的她退缩进了自己的世界，除了一旁的电话和膝盖上摊开的一本书，她对周遭的一切置若罔闻。我也不知道她是真的在看书，还是一直盯着同一页发呆。也许这本书现在只是一个能让她双眼聚焦的点，是她当下能找到的唯一一个支点，一个提供庇护的洞穴，一个容她躲避那难以名状的恐惧的藏身之处。她不再去工作，不再说话，不再吃东西，也无法入睡。她身上只剩下具象化了的屏息等待。她仿佛坐等着自己的刑期，一天比一天消瘦、苍白。她根本不碰我给她端去的热茶和加了糖的俄罗斯酸奶酪，她甚至忘记了抽烟。每天晚上她都会用颤抖的手指按下基辅的电话号码，但其实她心里清楚，电话无人应答就代表那里没有新的消息。她的女儿还活着吗？她难道已经躺在停尸房里了吗？她已经成了一具没有人知道来处，也没有人知道姓甚名谁的女尸了吗？

我查了阿姆斯特丹所有医院的电话号码，一家挨着一家地打过去，但哪儿都没有一个叫维卡的女患者，只有一家医院有个乌克兰妇女的临床表现与维卡类似，但她不叫维卡。要是我能立刻想到，维卡当然不会在医院登记自己的真名，就能为娜斯佳省去好些天的煎熬。那儿的医生也料到了这一点，他已经用流利的德语给了我相当明显的暗示。可尽管事情的真相呼之欲出，阿姆斯特丹不可能有两个症状完全相同的乌克兰妇女同时挣扎在生死边缘，但我就是没有反应过来。我没能及时抓住几乎在第一时间就被我找到的维卡。

对于她的女儿，娜斯佳从来不多谈，有的时候她看起来似乎已经完全死心，不再指望能在有生之年与女儿重逢。维卡始终对乌克兰怀有一种难以理解的仇恨，小时候的她就把所有不喜欢的东西、害怕的东西一律称为"乌克兰"，比如幼儿园、学校、让人皮肤发痒的袜裤、妈妈做的罗宋汤，这或许可以看成是小孩子的胡乱用词，但随着年龄的增长，维卡对乌克兰的憎恶就越发明显。她爱自己的父母,尤其是她的父亲,她跟他长得很像,都有一副瘦削的身材和一双大长腿,一头浓密的黑发和略有些倾斜的鞑靼人眼睛。为了效仿自己的父亲,她也选择了医学。但她很快就放弃了学业,因为大学生活同样令她厌恶,就和曾经的幼儿园一样,而且她也已经可以预见到,自己是不可能在乌克兰医疗系统的岗位上一直忍受下去的。在这个体制中的某个位置上工作也好,融入这个社会、融入社会主义大家庭也好,对她来说都是天方夜谭。

辍学一段时间后,她又一次尝试在乌克兰过上安稳日子:她结婚了,开始扮演妻子和母亲的角色,开始过深居简出的生活,像待在茧壳里一样困守在家庭里。但这并不容易,尤其是当她嫁给了一个十足的酒鬼,又和自己的父母、外祖母、孩子一起住在一座狭小的公寓。婚后不久她就生下了斯拉瓦,但那时他们的婚姻已经走到了终点。她刚带着新生儿从医院回到家,孩子的父亲就逃得无影无踪了,后来再也没有出现过。如今的维卡和以前没什么不同,只不过有了一个心爱的孩子,完全没料到这个孩子会成为又一道把她与乌克兰捆在一起的枷锁。那两年半,她整天待在家里,只是照顾孩子、做家务、看书，和她的母亲一样如饥似渴地读书。像她这样不去上班的人被乌克兰人称作"tunejadka"，也就是"寄生虫"，要是娜斯佳和罗曼不收留她和孩子，她就会被塞去某个岗位上干活或者直接被送进教养所。

有一天，她套上了母亲为她缝制的深红色紧身连衣裙，穿上了她仅有的一条袜裤，踩着黑色的高跟鞋，来到了莫斯科酒店。那里只接待高级官员和外宾，而且门口有人把守，就是为了拦住维卡这种来物色外国男人然后把他们当作跳板跑去西方的年轻女孩的——后来人们把她们称为"国际女郎"。维卡试了几次，便躲过了守卫溜了进去，一路摸到了酒吧。她坐在吧台前，喝着人生第一杯威士忌，展示着线条优美的长腿，黑色的头发瀑布般披散在后背，这一切都看在那些光顾这间酒吧的西欧客人的眼里。

没过多久就有一个荷兰人跑来搭话。她并没有看中那个人，但她不能否认自己第一次尝试就抽中了大奖，要知道很多女孩要花数年时间才能找到一个能为她们进入梦寐以求的世界铺平道路的外国男人。之后他们又见了几次面，最后，他在回国前向她承诺，会从阿姆斯特丹发一份私人邀请函给她。他没有违背自己的诺言。几星期后,维卡收到了一封来自阿姆斯特丹的挂号信,信封里塞着一张荷兰语的邀请函、一份盖着两个章的俄语翻译公证件,还有一张背面用俄语写着"我爱你"的男人照片。这几个字估计就是他认识的全部俄语了,很可能就是维卡教给他的。

那已经是1988年了,维卡怎么也不会想到,要不了多久,她就可以凭借一张旅游签证离开乌克兰跑去西边,而不用借助一个荷兰男人。但那个时候,她仍然生活在铁一般的苏联法律之下,她仍然是一个被判无期徒刑的囚犯,必须经过一道屈辱的程序才能求得释放。签证处的每个人都清楚,这个迷人的年轻姑娘,这个凭着一份某个男人发来的邀请申请西边签证的女人,即使签证到期也不会再回来了。在他们眼里,她和那些心怀不轨的女人没什么不同。她们为了去西边追求新生活,甘愿付出任何代价,她们跟随的是一个完全陌生的男人,去的是那个完全陌生的男人的国家,最终很可能落得出卖身体的下场。

那个时候,通常要等上好几个月甚至是几年时间才能拿到签证,甚至有些人等到最后还是一场空,但维卡又一次交了好运——如果逃离乌克兰可以算作一种幸运的话。几个星期之后,她就拿到了签证。她等来了自己的一生所求:她自由了,她可以远走高飞了。但她必须抛弃自己的孩子,她知道这是一桩不可饶恕的罪过。好在她的父母向她保证,他们会替她照顾好斯拉瓦,再说,她的离开至少让他们少了一份拖累。

时间就这样过去了十六七年,娜斯佳已经无法在脑海中描绘出女儿的模样了。维卡隔段时间会打电话到基辅,声音颤抖地询问斯拉瓦和自己父母的情况。娜斯佳去德国后,她就把电话打到柏林,但次数仍旧和以前一样屈指可数,每次也说不上几句。她始终对自己的地址保密,她的电话永远是在电话亭里打的。电话亭里的机器咔嗒一声,一口吞掉了她投进去的硬币,往往在娜斯佳问出问题之前,就掐断了连接。维卡显然不愿对父母透露关于自己的任何情况,她不想让他们看到自己当下的真实生活,显然她过得并不如意,她说不出口。也许她在荷兰比在乌克兰过得更加不幸,但她可能宁愿死去也不愿回家。现在,她或许真的死了。

连续九天,娜斯佳每天晚上都最多只睡两三个小时——在第十天,她终于等来了电话。电话那头并不是维卡的朋友,不是医院,也不是荷兰警方,而是维卡本人。她是从医院里打来的,在电话里也只能长话短说。她说她已经可以喝下一些汤水,也可以推着装有滑轮的输液架独自在短短的医院走廊里走动了。她说,她暂时还不想让母亲来找她,她的生活条件仍然很成问题。不过她把自己的手机号码给了娜斯佳。

多少年来,娜斯佳第一次重新把阿里阿德涅的线团①握到了手里,线的那一头就连着自己的女儿。娜斯佳倒头昏睡了半天加一夜,醒来的时候就已经在心里打定了主意。她不能强迫女儿回家,但她可以自己回去。她必须回去,回基辅为维卡重新燃起家庭的塘火,一旦她回心转意,就可以凭此找到回家的路。或许娜斯佳之前一直隐隐相信,到了世界的这一边就会更加靠近自己的女儿,所以她才在德国停留了这么些年。或许她始终守护着内心希望的火苗,相信有一天会在阿姆斯特丹和柏林之间的某个地方与维卡重逢。或许在更早的时候,也正是这一丝希望,促使她登上了去往西方的火车。

---

① 阿里阿德涅是希腊神话中克里特岛国王米诺斯的女儿,她帮助雅典英雄忒修斯打败了牛头怪。忒修斯在杀死迷宫中的怪物之后,凭借阿里阿德涅给他的线团找到了迷宫的出口。——译者注

回想起来,她还得感谢阿希姆。她在乌克兰根本不可能靠自己的养老金过活。身为工作了近三十年的前高级工程师,她的退休金只够买两根如今在基辅市面上也能买到的细长的暖棚荷兰黄瓜。但作为一个德国人的遗孀,她能领到的抚恤金对乌克兰人来说却是一大笔钱,足以让身边的每个人都渡过难关,斯拉瓦,她自己,还有为了留在西边几乎付出了生命的维卡。如今,维卡或许就要重回乌克兰的怀抱了,回到这个令她如此憎恶、如此忌惮的地方。所有人或许又会重新聚在一起,娜斯佳、维卡、斯拉瓦还有罗曼。其实娜斯佳从来没有真正和罗曼分开。他们两个都走出了狭小的空间,逃离了令人窒息的日常生活,各自投身于新的热情,但他们从未失去与彼此的联系。柳芭过世后,罗曼一直独自一人带着斯拉瓦生活,娜斯佳知道,他已经等她很久了。他们离过婚,又都再婚。她在一个远离他的陌生世界里生活了很久,现在她要回到乌克兰了,也意味着回到他的身边,而他一直都在那里,起起落落分分合合,仍是她一生的伴侣。

不久前她申请了德国国籍,但并不打算永远留在德国。她只是为以后保留一条畅通的逃生路径,以防自己家乡发生新的灾变,比如新的饥荒、新的内战或者新的独裁统治。所以她还在等待自己的德国护照,尽管下定决心之后她恨不得立马踏上回乌克兰的路。

在离开德国之前,娜斯佳实现了心中最热切的愿望——去海边。她上一次见到大海已经是二十多年前的事了,那是克里米亚的黑海,除此之外她再也没在别的地方看过大海。前不久,一位朋友把他在撒丁岛的度假屋留给了我们,我们可以在那里住上两个星期。我们经过米兰飞到了奥尔比亚,在机场叫了一辆出租车,找到了那座偏僻的小房子。它建在山坡上的葡萄园里,一旁就是大海,娜斯佳一度不敢奢望自己还能亲眼看到的地中海。

当时是七月,撒丁岛东海岸的高温是娜斯佳在温暖的克里米亚从没体验过的。我整天在紧闭的百叶窗后面躲避着不分白天黑夜从撒哈拉吹来的热风,娜斯佳却恨不得天气更热一些。岛上的火蝾螈在烈日下一动不动,一待就是好几个小时,不禁让人担心它会不会被阳光点着,而娜斯佳与它相比也丝毫不逊色。她穿着我年轻时的泳衣,躺在比她在基辅的整个公寓还要大的露台上,尽情地吸收着太阳的热度，她仿佛想用这迟来的炙热把自己的身体填满，因为她渴求这份炙热已经太久太久了，有大半辈子那么长。她眺望着铺满了耀眼阳光的地中海，海的另一端就是非洲。空气看起来亮闪闪的，好像全都转化成了水汽，随时都可能映显出海市蜃楼的幻象，比如一艘张着白帆驶向阿尔及尔的巨轮。说俄语的人把地中海称为"世界中心的海"，这是一个在她的一生里始终散发着魔力的词，现在，她终于来到了它的面前。

她一天里要下海好几次，每次都会游出很远，直到游进一片除了她以外没有任何人的海域。她仿佛不愿回头，只想追着海市蜃楼永远游下去。我看着她的脑袋在我的视野里变成了遥远地平线上的一个点，只能在心里为她祈祷，希望那里没有鲨鱼出没，她的脚也不要抽筋。每次从海里回来，头发上淌着海水的她看起来都会年轻不少，就好像她把生活的重担一点一点地留在了地中海里。

等到夜里天气变得凉爽，我们就在屋前的炉灶上烤从市场买回来的鱼，还有加了调料的撒丁岛奶酪和香喷喷的白面包。她每样都尝了，胃口好得异乎寻常。翡翠海岸的景象让她惊叹不已，那里的岩石看起来就像出自艺术家之手的奇异雕塑。还有富人们建造在石头里、与环境融为一体的宫殿，他们停靠在港口的豪华游艇，形似大教堂的阿尔巴塔克斯红岩，所有所有都让她叹为观止。她还在旅游纪念品商店里挑了一条绣着民俗图案的轻薄连衣裙。这是我第一次见她穿裙子。她穿着那条廉价的花裙子，站在一棵被风吹乱的棕榈树前，地中海里涌来的浪花一次次没入她身后的松软沙滩。我真该用相机记录下这一幕。等到很久以后，等到她在乌克兰依稀回忆起这趟旅行，不再分得清它是真实还是梦境时，这张照片就能向她证明，她真的来过这里，这是她人生中第一次也很可能是最后一次沐浴在地中海的海风里。

  我们在外面的露台上一直坐到深夜。我们俯视着铺满银色月光的漆黑海面，喝着罗卡鲁比亚红酒，黑暗温暖的空气围拥着我们，清亮的蝉鸣为我们伴奏。我和娜斯佳的故事已接近尾声，这个故事的线索或许握在我母亲的手里。我相信是她把我带到了这里，带到了地中海旁，带到了这个她这辈子做梦也触及不到的遥远的地方。而我也完成了自己的任务，我通过娜斯佳为她在德国，在这个她从未拥有过的地方，争得了一席之地。现在她可以离开这里回乌克兰了，她已经找到了医治乡愁的良药。半个世纪之后,娜斯佳和我的母亲一样,作为异乡人留在了德国,成为数以百万计的迷失在世界各个角落的新一批流离失所者中的一员。她很幸运,在德国为自己找到了一个"小角落",她想要的也只是这一个"小角落"而已。

我很喜欢她,但我知道她的决定是对的,不管是于她而言,还是于我而言。我在告别的痛苦中也品出了一丝对孤独的期待,娜斯佳会回到她的家乡,我也要重回我的孤独。

娜斯佳还在撒丁岛的时候,入籍办公室的信就已经躺在柏林家的信箱里等着她了,这意味着她的德国护照已经办好。之后,她在入籍办公室签署了一份认可德国宪法的声明,支付了二百二十五欧元,然后就在女官员一番郑重其事的祝贺中拿到了自己的新护照。娜斯佳现在成了一个德国人。至于她是怎么通过每个入籍申请者都必须参加的德语考试的,我并不清楚。看来她在背地里已经用德语生活了好一段时间了。

她最后一次去拜访了雇用她做清洁工作的家庭,与他们一一告别。所有的雇主都觉得这个消息太过突然。

娜斯佳一直用自己举重若轻的可靠双手为他们解决各种平地上的困难①，已经成了他们生活中不可缺少的一部分。即将与这些友好的，甚至称得上热情的人们说再见，她也感到十分不舍。她只是他们雇用的家政女工，但他们中的绝大多数都把她当成家人一样对待。从来没有人像玛丽娜·伊万诺芙娜那样侮辱她，贬低她的人格。她现在反而不太能想象，在乌克兰等待她的会是什么。有时她担心自己或许已经过于习惯德国的自由氛围和那种温和舒适的生活了，一旦回到乌克兰，反而会再次落入一种外来者的境地。

与安德烈告别，也比她想象的要困难得多。她也险些失去自己的孩子，差一点就遭遇了和他一样的命运。不过安德烈的不幸并没有就此结束。某天上班途中，几乎失明的他没留意到路面上一块松动的巨大铺路石，重重地摔倒在地，被送进医院后诊断为肩膀粉碎性骨折。在医院里他又感染了一种细菌，健康受到了极其严重的损害，以至于无法再继续参与戒毒咨询工作了。不过眼

---

① 出自德国剧作家布莱希特作于1949年的诗《感知》："我们身后有高山的辛劳，面前有平地的艰难。"法西斯主义垮台后，重建生活就成了最艰巨的任务。——译者注

下他恢复得还不错，已经可以带着他的巴哥犬沙里克慢慢走到家门口了，所以他心情不坏，他说，这次摔倒好歹挽救了他的婚姻，他还得向那块铺路石表示感谢。

接下来娜斯佳就要和她的外甥马克西姆告别了。他在卡巴拉学校与他的同乡们闹翻了，已经放弃了犹太思想研究。他的妻子还在潘科区的音乐学校任教，女儿正在伦敦攻读法学。他现在整天一个人待着，已经与东方世界失去了联系，也没有与西方世界建立起新的联系。他在德国仿佛又聋又哑，头发已经花白，还有些哆哆嗦嗦。他在变得更小的家庭里操持着家务，在电脑上下象棋，读俄罗斯小说，只有妻子一如既往地爱护和照顾着他。

最后，娜斯佳和她的姐姐塔尼娅告了别。她现在住进了一家犹太养老院，已经忘记了自己，也忘记了自己的人生。她不再记得自己曾在乌克兰生活过，不记得自己在十六岁的时候被带到了德国，在希特勒的军工厂里做手榴弹。她也意识不到，自己又回到了这个国家，不出意外的话还会死在这里。她认不出来跟她道别的妹妹，尽管这次道别很可能就是永别。她仿佛来到了一个新的地方，在这里她再也分辨不出，异乡从哪里开始到哪里结束。

最后,娜斯佳向一个乌克兰司机预订了一辆小货车,她打算坐着它载着自己的全部家当回到基辅。不过就在我们一起拆装宜家衣柜的时候,我的心里突然升起一个疑虑。当时我不敢细想,但后来从网上查到的信息还是证实了我的猜测:作为德国人,娜斯佳根本不能再回乌克兰生活了。她和其他德国人一样需要入境签证,而且每次在那里的停留时间都不得超过三个月。

为了获得德国公民身份,娜斯佳必须向德国移民局提交一份证明,证明自己放弃了乌克兰国籍。事实证明,放弃乌克兰国籍的难度远远大于入籍德国的难度。在半年多的时间里,她经历的推诿和刁难花样百出,最终她屈服了,愤怒地掏了一千欧人情费,终于把自己从这个"香蕉共和国"①(这是她的原话)里赎了出来,拿到了那张须向德国移民局出示的证明。从她实施这个计划的第一步起,我们就已经为她设想了各种可能出现的后果,但没有人提醒她,如果她失去了乌克兰公民身份,那么

---

① 欧·亨利在《卷心菜与国王》一书中创造了"香蕉共和国"这个词,用来描述一个在政治和经济上十分不稳定、依赖自然资源出口的虚构国家。——译者注

她也将失去在乌克兰的所有权利。这是不言而喻的，她早该想到，但是她根本没往这方面想。

她现在该怎么办呢？取消预约好的小货车然后继续留在德国？还是放弃德国国籍重新申请加入"香蕉共和国"？最后，我们仿佛又回到了故事的开头，只不过一切都像照镜子那般完全反了过来，一个没有德国居留权的乌克兰女人成了一个无权留在乌克兰的德国女人。那么这次的问题也能通过婚姻来解决吗？娜斯佳至少不用再去物色别的乌克兰男人了，她只需要和罗曼再一次登记结婚就大功告成了。但我们通过网络进一步了解后发现，这样做也有致命伤。如果她再婚，她就会失去德国的遗孀抚恤金，从而失去在乌克兰的生计。

她在我的阳台上一连抽了大约五十支烟，最终下了决定。她打算先申请旅游签证按原计划离开。她不相信他们会把一个货真价实的乌克兰人从乌克兰赶出去。再说三个月的时间也已经足够她想出别的办法了。她说她可以暂时躲在度假屋——她能在德国非法生活那么些年，她在乌克兰就也可以做到。

十天后她就拿到了旅游签证。然后她预订的小货车就开到了她家楼下。乌克兰司机帮我们把她的家当搬下了楼：她打算摆放在基辅客厅里的宜家家具，她的彩色编织地毯，印着莫奈睡莲池塘的海报，一个德国女画家送给她的丙烯抽象画（娜斯佳为她打扫过公寓），她在德国搜罗到的俄语书籍，她仅有的几件衣服、几双鞋子，还有她为斯拉瓦、罗曼和朋友们买的礼物。她把从银行取出的全部积蓄，五千多欧元，缝在了汗衫和毛衣之间，直接穿在了身上。她的德国护照和旅游签证放在了双肩包的内侧袋里。乌克兰司机也已经直接从店里取到了她要运去基辅的洗衣机。这个男人笑容满面，露出了一口从美好的苏联时代遗留下来的闪亮钢牙，他让我想起了俄罗斯二手车经销商阿尔乔姆。他说，在克拉科夫的过境关卡可能会耽搁几个小时，因为他们最近又加强了检查力度。

娜斯佳和我拥抱在了一起。我们仍然不敢相信，分别就在眼前了。这一切都始于她那没有克制住的泪水。那是在很多年前了，没有德国居留许可的她来为我打扫公寓，而我为了让她开心，用唱片机播放了一段来自乌克兰的旋律。现在，她穿着为了与德国告别而特意买的新牛仔裤，手里提着她那个双肩背包，坐进了小货车的副驾驶，我第二次看到她流下了眼泪。